MUZOKUSEI MAHO TTE JIMI DESUKA?

無属性魔法って地味ですか?

「派手さがない」と見捨てられた少年は最果ての領地で自由に暮らす

RYUUICHI SUZUKI

著 鈴木竜一

マック

ロイスの愛羊。可愛くて大きくてもふもふで強い。

テスラ

万能なメイドさん。無表情だが、実はおちゃめな性格。

シルヴィア

ロイスの婚約者。騎士然とした性格だが、女の子らしい一面も。

ロイス

本作の主人公。自身の魔法属性が「無属性」だったことをきっかけに、最果ての地ジェロム地方の領主となる。

主な登場人物
CHARACTER
カナン
遺跡調査に情熱を燃やす、考古学者見習いの女性。
ジルベール
キャロラインの夫。ヴィンクス家の当主で領民に慕われている。
キャロライン
ロイスの姉。最近、弟との仲に思うところがあるようで……？

ジェロム地方へ移り住んでからどれくらい経っただろうか。

領主としてがむしゃらに頑張ってきた甲斐もあり、最初は何もなかった広大な土地に少しずつ人が住むようになり、村ができた。

俺は村にかつてこの地を開拓しようとしていた祖父アダム・カルーゾの名前をもらい、アダム村と名づけた。今ではすっかりそれが定着している。

村の運営だけでなく、霊峰ガンティアで暮らすムデル族や山猫の獣人族と交流を持ち、この地を守る山の精霊たちとも出会えた。

人口が増えるのに比例して、アダム村には新しいお店が次々とオープンしている。

でも、まだまだ村として成長できると俺は睨んでいた。それこそ、叔母のテレイザさんが治める鉄道都市バーロンに匹敵するくらい大きくできるはずだ。

目標とする町もできたので、俺はそこを目指して新たな産業に着手することにした。

ジェロム地方と最も近い位置にある都市アスコサ、両者をつなぐ道の間に、広大な草原がある。

現在、そこは手つかずの状態になっているが、あれだけの土地だ、放牧に適しているのではないかと考えていた。

――そう。

今のジェロム地方はダンジョン運営がメインとなっているが、農業や畜産業にも力を入れていこうとしていたのだ。

「本当に広い場所だなぁ、ここは」

「風も気持ちいいし、寝転んで空を眺めたいくらいだ」

俺とシルヴィアは視察のためその草原に立っていた。

「ここに牧場や農場か……となると、住居も用意しなくてはいけないな」

「またデルガドさんに頼まないとね」

「ロイスの頼みとあれば、きっとやってくれるさ。ちょうどギルドの雨漏りを直しに来ているから、提案してみてはどうだ？」

「そうだね。こういうのは早めにしておいた方がよさそうだし」

ギルドやユリアーネの書店など、アダム村の家屋は大工職人のデルガドさんたちによって造ってもらったものばかり。この地の開拓を進め、ある程度の目途(めど)が立ったら、また依頼しておかないとな。

同時に、農業や畜産業に従事してくれる人材の確保も欠かせない。

今から村へ戻り、希望者を募るつもりでいる。

果たして、どれほど集まるか……ちょっと心配ではあるな。

牧場と農場の候補地を視察し終えた俺とシルヴィアは村へと戻り、早速周りの村人たちへ話を持ちかけた。

すると、こちらはダンジョン運営よりもいくらかスムーズに事が進んでいった。

というのも、冒険者の中に元農家だった者が数名おり、彼らがこの地で始める農業の担（にな）い手として名乗りを上げてくれたからだ。

先頭に立って手を挙げてくれたのは、このジェロム地方のギルドマスターであるフルズさんがかつてリーダーをしていたパーティーに所属し、現在はこのアダム村で冒険者をしているベントレーさんだった。

「領主殿、俺にやらせてください」

「申し出はありがたいですが……冒険者稼業はいいんですか？」

「俺ももう年でしてねぇ。若い連中が増えましたし、老兵はここらでリタイアしておくべきだと前々から思っていたんですよ」

しかし、なかなか決断できずにズルズル続けていたが、今回の農場開拓計画を知った時に現役への未練にふん切りがついたという。農業の知識やノウハウも豊富ということもあって、ベントレーさんをリーダーに農場の開拓を進めていくことにした。

それから、雨漏りの修繕を終えたデルガドさんに話を持ちかける。

「農場と牧場かぁ……うん。あの広い土地を有効活用するにはそれが一番だろう」

そう言って、賛成してくれた。

デルガドさんは「翌日から早速職人を引き連れて場所を確認し、いろいろ相談するよ」と言ってくれてひと安心。

ビックリするくらい順調に進んでいく農場計画。

あと問題なのは……家畜の確保か。

うちには愛羊のマックがいるけど、できれば乳牛とか山羊(やぎ)とか鶏とか、その辺の動物を飼育したいと考えていた。

そんな時、デルガドさんから思わぬ情報がもたらされる。

「家畜といえば……あの辺にいる野生動物で家畜に向いているヤツがいるって話を聞いたことがあるぞ」

「えっ？　そうなんですか？」

言われてみれば……かつてジェロム地方で暮らしていた祖父アダム・カルーゾが住んでいた屋敷に、当時の生活を描いた絵が何枚か飾られていて、その中に確か複数の動物と一緒にいるものがあった。あれはもしかしたら家畜だったのか？

あと、オティエノさんたちムデル族が家畜としてリュマという動物を飼い、生活を共にしていたな。基本的に運搬用らしいけど、服やテントを作る際に毛皮を利用するらしい。あれも候補に入れておこう。

「他にどんな動物がいるのか……気になるな」

どうやら、シルヴィアも同じことを思っていたらしい。

可能ならば、この地に生息する動物がいいよな。うまくいけば、ジェロム地方の特産品としてブランド化できるし。

「明日はムデル族のところへ行ってみよう。この地で長く暮らすムデル族なら、動物についても詳しいはずだ。あと、テレイザさんの屋敷から持ち帰ったジェロム地方の記録を読み直すと何か分かるかもしれない」

「そうだな」

「よし！　そうと決まれば話は早い！」

膝をバシッと勢いよく叩くと、それまで木製の椅子に腰かけていたデルガドさんはゆっくりと立ち上がった。

「農場関係のことは俺がそのベントレーってヤツとじっくり話し合っておくよ。それと、アスコサにもその手の業界に詳しい知り合いが何人かいる。そいつらにも声をかけておこう」

「いろいろとありがとうございます」

「俺としてもこの村にはいろいろと期待しているんだ。力になるから、なんでも言ってくれ」

本当に頼もしい人だな、デルガドさんは。

とりあえず、農場の方は彼らに任せるとして、俺とシルヴィアはジェロム地方に生息する動物についてもう少し調べておくことにしよう。

「明日からまた忙しい日々になりそうだな、ロイス」

「領主である俺としては、望むところだけどね」

シルヴィアとそんな会話をしながら、俺たちは帰路へと就くのだった。

翌日。
俺とシルヴィア、そして護衛騎士を務めるダイールさんにレオニーさんの四人と愛羊のマックで転移魔法陣を使い、ムデル族の集落近くへ移動。
転移魔法陣から出ると、まず出会ったのは懐かしい兄妹の姿であった。

「りょ、領主様⁉」

「お久しぶりです、領主様！」

「スタルプ！　それにメノン！　久しぶりだな」

駆け寄ってきたのはスタルプとメノンの兄妹だった。

ふたりは俺たちが集落で初めて出会ったムデル族であり、妹のメノンは魔力酔いによって体調を崩していたが、治癒魔法でなんとか回復することができたのだ。

「元気そうで何よりだ。あれから魔力酔いはないか？」

「はい。ジャーミウさんのおかげでこれっぽっちも影響ありません！」

力強く告げるスタルプ。

魔鉱石の加工職人でフルズさんの奥さんでもあるジャーミウさんは、すっかりこのムデル族の集落に馴染んでいるようだ。

彼女が集落で起きた魔力酔い騒動の解決に一役買ったのも、ムデル族に受け入れられている要因だろう。まあ、それを抜きにしても、いい人だからきっと馴染めただろうけど。

「それで、領主様はどうしてここへ？」

「少し聞きたいことがあってね。――その子について」

「「えっ？」」

スタルプとメノンのふたりは同時に首を傾げる。

そんな彼らの手には頑丈そうな紐が握られ、それらは今回のお目当てであるリュマに結ばれていた。

その後、俺たちは集落の中にある長の家へと向かう。

「あっ！　ロイス！」

その途中で、オティエノさんと再会した。

「お久しぶりです、オティエノさん」

「久しぶりだね。なんだか凄く忙しいって聞いたよ？　大丈夫？」

「へっちゃらですよ。それより、今日はちょっと聞きたいことがあって来たんです」

「聞きたいこと？」

スタルプとメノンと同じように、カクンと首を傾げるオティエノさん。とりあえず、詳しい話をするため、一緒に長であるハミードさんの家へと移動する。

「おぉ！　領主殿！　よく来てくれた！」

「あら？　何かあったの？」

俺たちを歓迎してくれたハミードさんの横には、ジャーミウさんの姿もあった。

すぐにオティエノさんが特製のお茶を淹（い）れてくれ、それをみんなでいただきながら話をすることに。

「何？　リュマについて？」

思いもよらない俺の言葉に、ハミードさんは驚いていた。そこで、麓の平原に農場を開拓することを話すと、「それはいいことだ」と賛同してくれた――のだが、

「地上で飼育しようというなら……リュマは不向きだと思う」

「えっ？」

返ってきたのは意外な言葉であった。

「リュマは標高の高い場所でなければ長くは生きられない。以前、ここよりも低い場所で飼育しようとしたのだが、連れて行った二十頭すべてが体調を崩し、数頭が命を落とした」

「そ、そんなことが……」

予想外の事態に落ち込んでいると、ハミードさんが別案を提案してくれた。

「安心してくれ、領主殿――リュマよりも家畜に適した動物が、この山にはいるぞ」

「!?　ほ、本当ですか!?」

霊峰ガンティアに住む家畜に適した動物。

それは一体、どんな動物なのだろう。

すぐにでも本物を見たいとハミードさんへ告げると、その動物が生息している場所までオティエ

ノさんが案内してくれることになった。

さらにジャーミウさんも加わり、俺たちは周辺の調査へと乗りだす。

「みんなと一緒に山を見て回るのって、初めてうちへ来た時以来かな？」

「そうですねぇ……なんだか懐かしいなぁ」

「まだそれほど時は経っていないはずなのに、なんだか遠い昔のことに思えてくるな」

俺とシルヴィアは思い出に浸る。

あの時はまだダイールさんもレオニーさんもいなかったし、ジャーミウさんがいてくれなかったら、せっかく見つかった魔力酔いの原因も解決しないまま――そう思うと、本当に賑やかになったものだ。

さて、本題である家畜候補の動物だが――端的に言うと、野生の牛だ。

もちろん、ただの牛ではない。

人に慣れていないため、警戒心が強く、ムデル族の人々が目撃してもすぐに走り去ってしまうという。おまけにその速さはかなりのもので、人間の足では追いつけないだろうとハミードさんは言っていた。

「うーん……ディランさんについてきてもらうよう言った方がよかったかな？」

スピードを誇る山猫の獣人族であり、この山にも詳しいディランさんがこういった役に最適なのだろうが、あの人はルトア村の長に就任したばかりで、忙しいらしいからなぁ。あと、最近はフルズさんが紹介した冒険者たちとダンジョンに潜る日々を送っているとか。あれだけ人間に対して警戒心を持っていたディランさんがここまで変わるとはちょっと予想外だった。

――っと、またしても本題から逸れてしまった。

とにかく今は、その牛がどんな姿をしているか、この目で確かめてみたいという気持ちがあった。めちゃくちゃ珍しいというわけではないそうだが、簡単に発見できるほど数が多いわけではないらしい。

集落から近くを中心に捜索するも特に何も見つけられず、気づけば辺りが暗くなり始めていた。

これは長期戦になるかと思った矢先、オティエノさんが声を上げる。

「あっ！　いたよ！」

数日間はかかるかもしれないと覚悟はしていたが、あっさり見つかった。これは嬉しい誤算だな。

さて、その動物を見た感想だが――

「あ、あれが……」

「変わった毛色をしているな」

俺もシルヴィアとまったく同じ部分に注目していた。

その毛の色は燃えるような赤。

あんな牛は初めて見たよ。

レオニーさんとジャーミウさんも同様に初見らしく、珍しい色をした牛を前にして呆然としていた。

——ただひとり、ダイールさんだけは冷静で、しかも即座に牛の品種名を答えた。

「あれは……紅蓮牛ですな」

「紅蓮牛？」

「元々は極寒や乾燥地帯などの厳しい環境下でもしっかり育つよう、魔力を絡めて品種改良されたとの話でしたが……恐らく、どこかの牧場から逃げだし、ここで野生化したものでしょうな」

ということは、元々家畜用だったわけだ。

さらにダイールさんから詳しい情報を聞くと、乳牛として育ち、ミルクやチーズはとても人気が高く、重宝されるという。まさに今の俺たちが欲しい人材——もとい、牛材というわけなのだ。

「もしかしたら、前領主であるあなたのおじいさんが、ここで育てようと連れてきたのかもしれないわね」

不意に、ジャーミウさんがそんなことを言う。

俺の祖父——つまり、アダム・カルーゾか。

そういえば、あの屋敷に飾られてあった絵に描かれた牛……今思い出してみると、ちょっと赤毛っぽかったな。最初は特に気にしてなかったけど、もしかしたらジャーミウさんの言った通りかもしれない。

そう考えると、なんとしてでもあの牛を家畜として牧場へと運びたい。

問題は……捕獲方法か。

普通に近づいていけばいいのだろうが、逃げだしてしまう可能性もある。

「どうしたものかな」

考え込んでいると、突然背中に柔らかな衝撃が。振り返ると、そこには引き締まった表情のマックがいた。

「どうかしたのか、マック」

「メェ〜！」

言葉は分からないが、何を伝えようとしているのかはなんとなく察せられた。

「もしかして、『任せろ』って言っているのか？」

「メェ！」

鳴き声のボリュームがちょっと上がる。

どうやら正解らしい。

まあ、ここでただ立っているだけじゃ何も解決しないものな。

ここはマックに任せよう。

牛と羊……通じるものがあるかもしれないし。

マックは力強く一歩を踏みだすと、ゆっくりと紅蓮牛へ近づいていく。

その紅蓮牛たちはすぐにマックの存在に気づくと、すぐさまその場から逃げだしてしまった。足場の悪い山岳地帯に生息しているためか、牛とは思えない軽快な動きだ。

「メェッ⁉」

何もしていないのに逃げられてしまったことにショックを受けているマック。

これぱっかりは仕方がない。

「に、逃げたぞ！　追いかけよう！」

「シルヴィア様、それは難しいかと」

駆けだそうとするシルヴィアをダイールさんが制止した。

……俺もそれに賛成だ。

「ここは足場も悪いし、あれだけの巨体を麓まで連れ帰ろうとしたら、たとえ一頭に絞り込んでも容易にはいかないはず。何か、有効な手立てを考えないと」

俺がそう伝えると、シルヴィアも納得してくれたようだった——が、彼女のようにすぐさま行動を起こさないと、思ったよりも軽快な動きをする紅蓮牛には接触することさえ叶わないだろう。

俺たちはマックを慰(なぐさ)めながら、何か手はないかと座り込んで案を練るのだった。

結局、その日は有効な手段も思いつかないし、何より紅蓮牛を発見できなかったので、ムデル族の集落へと戻ってきた。

「それは弱ったな」

夕食をハミードさんの家でいただきながら、俺たちは本日の成果――というより、浮き彫りとなった課題を報告した。

「捕獲どころか、近づくことさえできないなんて……」

「ここら一帯は足場の悪いところが多いからな。しかし、スピードでいうならリュマよりその紅蓮牛とやらの方がずっと捕まえやすそうだが」

「リュマ？」

その名が出た時、俺の脳裏にある疑問が浮かび上がる。

「ハミードさんたちは紅蓮牛よりも速い動きのリュマをどうやって捕まえたんですか？」

もしかしたら、そこに紅蓮牛捕獲のヒントがあると考えた――が、ハミードさんから返ってきた答えは意外なものだった。

「我らムデル族はリュマと友になることで一緒に生活しているんだ」

「えっ？」

友。

つまり、友だちってことか。

……いや、まあ、心情的にはそう接するのがいいのかもしれないけどさ。それを捕獲方法に生かすとなると、ちょっと難しいかなぁ。

今でこそ大親友と呼んでいいマックだけど、彼も最初のうちはなかなか懐いてくれなかったし。

時間を要するだろう。

とりあえず、明日もう一度この近辺を捜索してみるとしよう。

話はそれからだ。

◇◇◇

初戦敗退の翌日。

俺は一度転移魔法陣を使って麓へと戻ってきていた。

お目当てはユリアーネの書店。

ここで、紅蓮牛に関する書物を調べ、その生態を十分に把握してから策を練ろうと考えていた。

ちなみに、ダイールさんとレオニーさんにも周辺の捜索を依頼している。

一緒に店内で書物を調べているシルヴィアが呟く。

「なかなか厄介なものだな、野生牛の捕獲というのも」

「まったくだよ。でも、必ず成功させないと」

「その意気だ、ロイス。私も手伝うぞ」

シルヴィアも応援してくれているし、こりゃめげている場合じゃないな。

俺は気合も新たに、書物のチェックに熱を入れる。

「お疲れ様です、ふたりとも」

そこへ、コーヒーの入ったカップふたつを持ったユリアーネがやってくる。

「悪いね、ユリアーネ。こんなに居座ってしまって」

「とんでもないですよ！　このジェロム地方をよりよい領地にしようと頑張ってくださっているんですから！」

「そう言ってもらえると助かるよ」

ユリアーネの厚意に甘えつつ、少しでも役に立ちそうな情報を得ようと調査続行。紅蓮牛は畜産用に品種改良されたという話だが、元になっている種の特性から確認していくとある項目に目が留まった。

「む？」

「どうかしたのか、ロイス」

「いや……紅蓮牛の先祖にあたる品種について調べていたんだけど……どうやら夜行性らしいんだ」

「夜行性？　じゃあ、私たちが昼間に調べても見つけられなかったのは……」

「紅蓮牛が夜行性である可能性があるな」

ただ、一般的に家畜として用いられている紅蓮牛に夜行性の特徴は見受けられない。野生化して代を重ねるうちにそうなったのか？

「夜になれば、出会える可能性は高くなるかもしれないな」

「ロイス、こっちの情報も使えないだろうか」

「どれどれ？」

シルヴィアが発見した紅蓮牛の特性は――

「群れを成すことがある、か」

「あの山の一帯に、紅蓮牛の群れがあるんじゃないか？」

「だとしたら……これはかなり大掛かりな作戦になりそうだな」

群れを成しているとなると、ボスがいるはずだ。

群れの規模にもよるのだろうが、まずはそこから探ってみることにしよう。

「やれやれ……これは大仕事になりそうだ」

「そういう割には楽しそうに見えるが？」

「えっ？　そ、そう？」

「あぁ。待ちきれないって感じだ」

クスクスと笑うシルヴィア。

本当に、彼女には隠し事ができないな。

ともかく、これで次の行動が決まった。

今日はこれから屋敷に戻ってテントなどを用意する。

それからムデル族の集落へと向かい、ダイールさんとレオニーさんと合流。そして、夕食を食べてから転移魔法陣を使って以前訪れた泉のある場所へ移動する。そこでテントを張り、周囲の様子をチェックすることにしよう。

さあ、忙しくなるぞ！


その日の夜。

屋敷でいろいろと準備を整えてから転移魔法陣でムデル族の集落へと移動し、それからハミードさんの家に向かい、戻ってきていたダイールさん、レオニーさんと合流。

ふたりに紅蓮牛の生態を説明し、マックの背中に乗せて持ち込んだテントやランプ、そして非常食を見せて夜の霊峰ガンティアへ挑む旨を伝える。

「夜の活動、か」

ハミードさんは少し戸惑っているように映った。

まあ、紅蓮牛が本当に夜行性かどうかは実際に調べてみなくては分からないからな。

それに、この山のことは俺たちよりも長くここに住んでいるハミードさんたちの方が詳しいはずなので、あの表情を見ると……

「やっぱり、無謀でしたかね？」

「いや……正直なところ、どうなるか分からないのだ。夜の山には出歩かないように言われていたからな」

「それは……何か理由があるんですか？」

「実際に事件が起きたとか、そういう言い伝えはない。大人たちの間では、夜寝ない子どもに対して行われたしつけの一環だとも言われているが……」

なるほど。

だとすれば、そこまで心配する必要もないのかな。

とはいえ、ほとんど夜に出歩く者がいないとするなら……まったく未知の世界ということか。それはそれで怖いな。


さて、食事をとった後は移動を開始。

今回もオティエノさんが参加してくれることになった。

「夜の山ってどんな感じかなぁ！」

瞳を輝かせるオティエノさんを連れ、俺とシルヴィア、そしてダイールさんとレオニーさんの五人は再び転移魔法陣を使って麓との中間地点である泉近くへと移動。そこから発光石を埋め込んだランプを手にして夜の山道を進んでいく。

「相変わらず、凄い夜空だなぁ……」

見上げれば、広がるのは満天の星。

これを眺めているだけで、夜が明けそうだ。

「どうかしたのか、ロイス」

「な、なんでもないよ、シルヴィア」

ボーっと夜空を見つめていたら、シルヴィアに心配された。

忘れていたわけじゃないのだが、改めて確認すると……今回の目的はあくまでも紅蓮牛の捕獲だ。

その紅蓮牛を探すため、泉の近くにテントを設営し、そこを拠点として周辺を調査していく。

——だが、ここで問題発生。

「見当たりませんな」

「そうですね……」

ダイールさんとレオニーさんが先行して辺りの様子をうかがっているが、紅蓮牛どころか生物の気配さえ感じない。

どうやら、水飲み場になりそうな泉近くに集まるはずという俺の読みは外れたようだ。

「他にも夜行性の動物がいるのかと思ったが……それすらいないようだな」

「気温もだいぶ下がっているし、出歩かないのかな」

俺とシルヴィアがそんな感想を口にした時だった。

「うん？　あれは何？」

そう声を上げたのはオティエノさんだった。

何かを発見したようなので、指さす先をジッと追ってみると——そこにはいくつか光がただよっている。

「？　本当になんだろう、あれは」

「気になるな」

先行しているダイールさんとレオニーさんを呼び戻し、俺たちは突然現れた光に向かって歩いていく。

突如現れた光の正体。

それは――

「あっ、領主さん」

以前出会った、山の精霊たちだった。

「き、君たち……どうしてここに？」

「実は、ちょっと調べていることがあって」

「調べていること？」

山の精霊たちの深刻そうな表情を見て、俺たちは一旦紅蓮牛の捜索を断念。急遽精霊たちから事情を聞くことにした。

「一体何があったんだ？」

「領主さんは、夜の山へ来るのは初めてですか？」

「えっ？　ああ、まあ、そうだね」

「いつもはこんなに静かじゃないんです。夜行性の動物たちが活動しているので……」

「なんだって⁉」

思わず大きな声を出してしまい、精霊たちを驚かせてしまう。

だが、まさかこんなところで紅蓮牛に遭遇できていない理由にあたるとは思ってもみなかった。

ムデル族の人たちも夜はあまり出歩かないようにしているため、動物の姿を見たことはないそうだし、同行しているオティエノさんも驚いていたから、たぶんその辺の様子は知らないんだろうな。

「どうして動物たちがいないんだ？」

「その理由を調べに来たんです」

「な、なるほど」

精霊たちにも分からない理由……だが、見当はついているらしい。

「どうやら強大なモンスターが住み着いているようなんです。ただ、どういうわけか、強い気配を感じ取っても、それがすぐに消えてしまうんですよ」

「すぐに気配を消すモンスター……」

そんなモンスターがいるのか？

俺は元冒険者でもあるダイールさんと王国騎士団に所属しているレオニーさんのふたりへ視線を送る——と、ふたりは静かに首を横へと振った。

「気配を消すということは……どんなことが考えられるだろうか」

シルヴィアの疑問は俺も感じていたことだ。気配を消すということは、つまりどういう行動を取っているのか。また、精霊たちがそれをモンスターと認識している根拠はなんなのか。

「種族に関してはその気配で分かります。モンスターだけでなく、人間と山猫の獣人族もそれぞれ違いますから」

「ふむ。じゃあ、気配を消す行動について、何か心当たりは？」

「可能性はふたつあります。ひとつは大空を舞って山から遠く離れたか。そして、もうひとつは――」

山の精霊が説明を始めようとした直後、地面が揺れた。咄嗟(とっさ)に、俺はシルヴィアを抱き寄せる。

「な、なんだ!?」

「地震か!?」

「いえ……これは……」

宙に浮いている精霊たちには影響がないため、周りの様子をチェックしているようだ。

その結果、新たな事実が判明する。

「領主さん！　敵の詳しい居場所が分かりました！」

「えっ!?　本当か!?」

大きな揺れがなくなったので、俺たちも周りに視線を巡らせていたのだが――この揺れを起こしたと思われる存在は確認できなかった。揺れの規模から、かなり大型のモンスターだと思ったのだが。

「ど、どこにいるんだ？」

「下です！　モンスターは地中を移動しています！」

「ち、地中⁉」

それで今まで発見できなかったのか……しかし、そうなるとこちらから手を出すことができない。

だからといって、このまま放っておくわけにはいかなかった。

「やるしかない……」

姿なき地中の敵をおびき出すため、俺は魔法を使う。

そう。

俺がもっとも得意とする無属性魔法だ。

「りょ、領主殿？　何をなさるおつもりですか？」

「ダイールさん……俺にできるのはこれしかないじゃないですか」

「っ！　な、なるほど！」

どうやら、ダイールさんは気づいたようだ。

無属性魔法の中には、結界魔法と呼ばれるものがある。

長期間にわたって家を空ける時は、泥棒などの侵入を防ぐために仕掛けておくのが一般的で、中にはモンスターの出現を減らせる忌避剤のような役割を果たすものもある。

——だが、今回俺が放ったのはその逆。

モンスターをおびき出すための魔法だ。

ヤツが地中を移動するモンスターだというなら、討伐をするためにそこから引きずり出す必要がある。

「さあ……出てこい！」

俺が魔法を発動させた直後、再び大きな横揺れが発生。

それからすぐに、五メートルほど前方にある地面が大きく盛り上がった。

「あそこだ！」

声を出してみんなに知らせた瞬間、そこから地面を突き破って件のモンスターが姿を見せる。

正体は——超巨大なワーム型のモンスターだ。

頭と思われる部分は大きく裂けており、恐らく口としての機能も兼ね備えているのだろう。その口には無数に並ぶ鋭い歯があって、飲み込まれたら助かりそうもない。

「キイイイイイイイイッ！」

耳障りな鳴き声（？）を発しながら、モンスターが襲いかかってくる。十メートル近い巨体でありながら、なんてスピードだ。避けるので精一杯だったぞ。

「あんな巨大なモンスターがこれまで姿を見せなかったとは……」

「たぶん、天敵がいなくなったからだと思います」

「天敵？　──あっ」

山の精霊の言葉に、俺は覚えがあった。

ワームの天敵といえば──鳥だ。以前、山猫の獣人族の村近くに巣を作った巨大怪鳥を討伐したけど……あいつがいたから、このワーム型モンスターは姿を現さず、地中で生活していたんだ。それがいなくなったものだから、こうして大胆に姿を見せるようになったってわけか。

「まさかそんな事情があったなんて……」

あくまでも仮説ではあるが、恐らく間違いないと思われる。

だったら、なおのこと俺たちで決着をつけないと。

「キシャアアアアアアアア！」

ワーム型モンスターは口から毒液をまき散らしつつ、俺たちを潰そうと巨体を揺らして襲ってくる。

けど、その程度で臆するような軟弱者はこの中にひとりとしていない。

「ヤツの動きを止める！　その間に攻撃を！」

「分かりました！」

「やってみせます！」

俺が重力魔法でワーム型モンスターの動きを封じている隙に、ダイールさんとレオニーさんが斬りかかる。ダメージを負ったモンスターは大きくふらついた。

「今だ！　シルヴィア！」

「任せてくれ！」

トドメは勇ましく飛び上がったシルヴィア渾身の一撃が炸裂。ワーム型モンスターの長い胴体は綺麗に真っ二つとなった。

「キイイイイッ……」

先ほどとは打って変わって弱々しくなった叫び声を上げ、ズシンと巨体を横たえる。

「ふぅ……これでこの辺りの脅威は消え去ったかな」

大きく息を吐いてから、勝利を確信――すると、

「あれ？」

倒れたモンスターへ視線を移すと、そこから少し離れた場所に何かを発見する。

「あれって……紅蓮牛!?」

探し求めていた紅蓮牛が全部で五頭も姿を現した。

しかし、こちらの存在に気づくと逃げるように去っていく。

「すぐに追おう！」

俺はみんなに呼びかけると、紅蓮牛が逃げた方向へと走りだした。

大慌てで追いかけたが、残念ながら姿を見失う。

「ど、どこに行った⁉」

「そんなに遠くへは行っていないと思うのですが……」

ダイールさんは辺りを見回しながら言う。今日は雲もなく、月明かりは満遍（まんべん）なく山を照らしている。だから、比較的視界はいいのだが……それでも紅蓮牛は発見できなかった。

「くそぅ、また見失ったか……」

「領主さん」

「うん？」

どこかに手がかりはないかみんなで探していると、山の精霊が声をかけてきた。

「紅蓮牛ならあちらにいます」

「⁉　分かるのか⁉」

「気配で特定できるんですよ」

そういえばそうだったな。

なんて頼もしい存在なんだ。

「行こう、ロイス！」

「ああ！」

俺とシルヴィア、そしてダイールさんにレオニーさん、さらにオティエノさんの五人は山の精霊が示した場所へと向かって走りだした。

移動してみて気づいたのだが、その場所は山でありながら草原が広がっていた。真ん中あたりには小川も流れている。周りを大きな岩で囲まれているため、近づかなければその存在に気づけなかったのだ。

「こ、こんなところがあるなんて……」

ムデル族として長年この地に住んでいたオティエノさんでも、このような場所があるなんて知らなかったようだ。

開けた視界でありながら、「何か」が潜んでいそうな不気味さも兼ね備えているその場所を歩いていく。俺たちが地を踏みしめて歩く音以外は何も聞こえない静寂に包まれたそこに、探していた存在が姿を見せる。

「!?　ぐ、紅蓮牛……」

ついに紅蓮牛を発見。

しかも一頭だけじゃない。

「む、群れ⁉」

シルヴィアが驚くのも無理はなかった。

現れた紅蓮牛の数は、ザッと見積もっても五十頭はいる。あまりにも動きがなく、そして固まっていたため、ある程度近づくまでその存在を視認できなかった。

何より俺たちを驚かせたのは、その群れの先頭にいる紅蓮牛。

恐らく、彼がこの群れのボスなのだろう。

体格は他の個体と比べてひと回り以上大きく、額からはまるでユニコーンのように一本の長い角が天に向かって生えている。

その風格に、俺たちは思わず足を止めた。

威嚇（いかく）をしているわけではないのだろうが……なんだろう。それ以上近づくのはためらわれた。

神々しさとでも言えばいいのか――適切な表現が思い浮かばないけど、とにかくそこから先へは足が進まない。

すると、なんと向こうから近づいてきた。

それだけでも驚きなのに、山の精霊からさらに衝撃的な事実を教えられる。

「彼はあなた方に感謝しています」

「か、感謝？」

紅蓮牛が俺たちに感謝だって？

ど、どういうことなんだ？

「彼らもあの巨大モンスターには苦慮していたようです」

「あ、ああ、そういうことか」

どうやら、あのワーム型モンスターの標的になっていたらしい。

この流れなら……直接お願いできないだろうか。

俺たちの牧場へ来てほしい、と。

交渉をしようと一歩前に出た時、ふと群れの牛たちの健康状態に目が留まった。

今まではすぐに見失っていたりしてしっかりと確認はできなかったが……ひどく痩せているものが多い印象だ。もしかしたら、あまり食事をとっていないのか？

「ロイス？　どうかしたのか？」

足の止まった俺を心配してシルヴィアが声をかけてくれた。

「い、いや……牛たちが痩せているなと思って」

「気づかれましたか」

真っ先に反応したのは山の精霊だった。

精霊たちは牛たちがなぜあんな風になっているのか理由を知っているらしい。

「……以前は、もう少し先の方まで草が生い茂っていたんです。それが徐々に狭まってきていて」

「えっ？」

それじゃあ……十分に食事ができていないというわけか。

恐らく、草原が狭まってきている理由は――先ほどのワーム型モンスターだろう。底なしの食欲を持つあの手のモンスターだ。地上で獲物を捕食するだけにとどまらず、地中の栄養素も吸収していたのだろう。よく、ワーム型モンスターが出現した土地は荒れ果てると聞いていたが、ここもあと一歩でそうなっていた可能性もある。

……そうか。

さっき山の精霊が言っていた、「苦慮している」というのは、獲物として標的になっているというだけでなく、彼ら紅蓮牛にとって必要不可欠な草原が失われつつあるという意味も含まれていたのだ。

だったら、尚更俺たちの運営する牧場への移住を進めたい。

あそこはここよりもずっと広大な草原が広がっているし、何より一切の危険がない。

それを伝えようと、改めてボスの前に立つ。

山の精霊曰く、ボスは人間の言葉を理解できるらしい。

近づいてみて分かったのだが、ボスの額から生えている角からはわずかに魔力を感じることができた。明らかに通常種とは異なる……これもまた、品種改良の影響か。

緊張している俺に対し、紅蓮牛のボスは何も言わない。

ただジッと青い瞳でこちらを見つめている。

一度深呼吸を挟み、心を落ち着かせてからゆっくりと語りかけた。牛としてではなく、同じ仲間たちを束ねる存在として、対等な気持ちで接した。

「俺はこの霊峰ガンティアを含むジェロム地方の新しい領主で、ロイス・アインレットと言います」

思わず敬語になってしまうが、そうしなければいけないと思わせるくらい、目の前の紅蓮牛には歴戦の勇士に匹敵する風格が備わっていた。

「あなた方の悩みを解決します。――俺たちの運営する牧場へ来ませんか？　ここよりも大きな草原と綺麗な小川がありますし、安全も保障できます」

俺は彼らにも伝わりやすいよう、言葉を選んで話を続けた。

もちろん、あとで誤解がないように牧場として運営する以上、分けてもらうものについてもきちんと言っておく。

それらを踏まえた上での彼の返事は――山の精霊を介して伝えられた。

「領主さん」

「ど、どうだって？」

「紅蓮牛たちも、領主さんの運営する牧場に移住を希望すると言っています」

「!? ほ、本当!?」

巨大ワーム型モンスターによって、もともと住んでいた草原が枯れ果てようとしていることが一番の要因だという。

「ありがとう！」

俺は紅蓮牛たちに向かって礼を述べる。

「牛に礼を言うなんてね」

「分け隔(へだ)てなく、あらゆる者へ誠意を持って接する――そこが、領主殿のいいところなんですよ」

「そうだ。私もロイスのそういうところを尊敬している」

真っ直ぐな笑みを浮かべながらシルヴィアにそう言われると、さすがに照れる。こればかりはなかなか慣れないな。

ともかく、紅蓮牛たちに直接話をして、移住の快諾を得た。

同時に、無属性魔法の中に他の生物との会話が可能となる通訳魔法があったと思い出したので、またユリアーネの書店に行かないと。

やれやれ……領主としての生活は、また一段と忙しくなりそうだ。

深夜の大捜索&戦闘から一夜が明けた。

俺たちは諸々準備を進めるため、まずはムデル族の集落を訪れ、長であるハミードさんへ経緯を説明する。

「おぉ……ついにやったか」

紅蓮牛が麓の牧場へ移住してくれることについて喜んでくれた――が、ムデル族側からすると、地中に潜んでいた巨大ワーム型モンスターの方が驚きだったようだ。

「確かに、ここ最近は飼育している家畜たちの様子もおかしかったが……そのようなモンスターが地中に潜んでいたとは」

「ですが、そのモンスターはきっちり仕留めておいたので安心してください」

「さすがだな、領主殿」

その後はハミードさんの家で朝食をいただき、牧場側の準備をするため転移魔法陣を使って麓へと帰還する。

「お帰りなさいませ、ロイス様、シルヴィア様」

「ただいま。――って、早速で悪いんだけど、またすぐに出るよ」

「ベントレー様のところですね」

さすがは、ベテランメイドのテスラさんだ。

俺の行動をよく把握している。

「夕方までには戻るから」

「分かりました」

「いってらっしゃい！」

テスラさんと、メイド服姿がすっかり板についたエイーダに見送られて、俺とシルヴィアはベントレーさんとその仲間たちが準備を進めている農場へと向かった。


見渡す限りの草原には変化が起きていた。

「す、凄いな、ロイス！」

「ここまで進んでいるとは……」

すでに数カ所が耕されており、今も十人以上の人手を割いて作業が続けられている。

「おぉ！　領主殿！」

俺とシルヴィアの姿を捉えたベントレーさんが駆け寄る。その顔には泥がついており、いかに一生懸命やってくれているかが伝わってきた。

「順調なようですね」

「おかげさまで。……ところで、例の家畜はどうなりました？」

「それが凄いことになって――」

俺とシルヴィアは早速昨夜の紅蓮牛の件についてベントレーさんへ報告を行う。

「なんと!?　そりゃホントですか!?」

「ははは、嘘なんか言わないよ」

「そ、それもそうですね！　いやぁ、一層ヤル気が湧いてきましたよ！」

どうやら、ベントレーさんにとってもいい刺激になったようだ。

で、その紅蓮牛の飼育スペースだが……俺からひとつ提案をさせてもらった。

「ひとついいですか」

「なんでしょう？」

「紅蓮牛の飼育スペースですが――柵を作らず、彼らの自由に行動をさせてもらいたいんです」

「えっ!?　柵をなくすんですか!?」

これにはベントレーさんも驚く。

すべてはあの賢いボスの存在が大きい。

彼がこの草原にある牧場付近にとどまってくれたら、他の紅蓮牛もそこから離れたりはしないだろう。昨夜、直接会ってみてそれがハッキリと分かった。

最初は信じられないといった様子のベントレーさんだったが、

「牛にとってストレスになるようなことがあってはいけないですからね」

と、承諾してくれた。

彼もあのボスに会えば、きっと俺が提案した理由が分かるはずだ。

というわけで、雨風を凌(しの)げる牛舎がまもなく完成するということなので、俺たちはもう一度紅蓮牛の群れのいた場所へ行き、彼らの移住計画を進めることにした。

紅蓮牛たちとの出会いから三日が経った。
ほとんど最終工程に入っていた牧場の建築がついに終わり、紅蓮牛たちを迎え入れる準備が完全に整ったのだ。
「というわけで、今から紅蓮牛たちを迎えに行ってくるよ」
「かしこまりました」

ベントレーさんから牧場完成の一報を受け取った俺は、早速このことを紅蓮牛たちに伝えるため、シルヴィアと護衛騎士ふたり（ダイールさんとレオニーさん）を連れて転移魔法陣を使い、ムデル族の集落へと移動する。

紅蓮牛の前に、まずはこの件について今回いろいろとお世話になった長のハミードさんへ報告。

「それは喜ばしいことだ。――しかし、あの数の紅蓮牛をどうやって麓の牧場まで運ぶつもりだい？」

「もちろん、転移魔法陣を使います」

ここでも、俺の無属性魔法が役に立つ。

ただ、今回に関してはかなり大規模なものとなりそうだ。

というのも、俺が普段使っている転移魔法陣のサイズからして、一度に麓まで転移できる紅蓮牛の数は一頭が限界。それでは時間がかかってしまうので、群れごと転移させることを考えていた。

すでに、牧場近くには事前に用意をしてきたので、あとはこちらから転移させるための魔法陣をつくればいい。

これに関しては、あまり時間を必要としない。

まあ、十分もあれば大丈夫だろう。

報告を終えた俺たちはムデル族の集落から、紅蓮牛たちと出会ったあの平原へと移動。そこではあの時と同じように、多くの紅蓮牛が俺たちを出迎えてくれた。

「やあ、久しぶりだね――フレイム」

その中でもひと際大きく、額から一本の角が生えている群れのボスへ声をかける。

ちなみに、フレイムというのは俺が名付けた彼の名前だ。ここを去る時、次会う時までに名前を決めておくと約束をしておいたのだ。

フレイムは俺の考えた名前を気に入ってくれたようで、嬉しそうな表情をしている。山の精霊たちがいなくても、それはハッキリと分かった。

早速、彼らを麓まで移動させるための魔法陣を生みだしに取りかかる。

「ふぅ……」

深呼吸をしてから、目を閉じて意識を集中。

足元から徐々に広がっていく魔法陣は、いつも使う転移魔法の時とは明らかにサイズが異なっていた。

まるで水面を揺らす波紋のように、魔法陣はドンドンその大きさを広げていく。

そして、その広がりが止まると、魔法陣はまばゆい光に包まれた。

「よし。これでいけるはずだ」

そう言うと、シルヴィア、ダイールさん、レオニーさんの三人から「おお～」という歓声とともにに拍手が送られた。

　魔法陣が完成すると、まずはボスであるフレイムがその中へと飛び込み、麓へと移動。最初の一頭ということで、まずは俺が同行した。

　転移先は麓にある牧場のすぐ近くだ。

「うおっ!?　ほ、本当に紅蓮牛だ！」

　到着を待ちかねていたベントレーさんは、初めて見る紅蓮牛に驚きの声を上げる。

だけど、まだまだこんなものじゃない。次から次へと、魔法陣を通って紅蓮牛たちが麓の牧場へとやってくる。彼らは青々とした草が絨毯（じゅうたん）のように敷かれた牧場を見て興奮状態だ。

「好きに食べていいよ」

　そう許可を出すと、草原へと駆けだしていった。

「はっはっはっ！　元気のいいことだ！」

　ベントレーさんは豪快に笑いながら、自らも紅蓮牛たちについていく。

　最後まで待っていたボスのフレイムは、俺にペコリと頭を下げると、群れの仲間たちのもとへと走っていった。

「人間の礼儀をちゃんと分かっているんだな」

　変なところに感心してしまったが、まあ、彼らが嬉しそうにしているからよしとするか。

ともかくこれですべての紅蓮牛が転移魔法陣の力で牧場へと移動完了。

一面緑色の草原で、真っ赤な体毛の紅蓮牛たちが活発に動き回っている。

「絵になりますなぁ！」

牧場長であるベントレーさんの言う通り、まるで絵画を眺めている気分に浸れるほど美しい光景が広がっていた。

何より、これだけ自由な空間でありながら、ボスのフレイムを中心にしっかりと統率が取れている。紅蓮牛は、俺たちが思っているよりずっと賢い生き物だった。

さて、その紅蓮牛だが、飼育する目的は牛乳にある。

もともと家畜用であったものが、霊峰ガンティアで野生化したわけなので味については問題ない。

ここまで言い切れるのにはわけがある。

——そう。

俺とシルヴィアは事前に味わっていたのだ。

ただ、ベントレーさんや牧場の職員はまだ飲んだことがないため、早速練習がてら一頭の紅蓮牛から牛乳をもらうことに。

ベントレーさんが乳搾りを始めても、こちらを信頼してくれている紅蓮牛が暴れだすことはなかった。前職で経験しているというだけあって、ベントレーさんの手つきはとても慣れており、

「ありがとうな」と牛に語りかけながら作業を進めていく。

「おっし、こんなところか」

しばらくして、用意した瓶いっぱいに牛乳がたまった。

それを持って牛舎へと戻り、早速みんなで味わってみることに。

同行してくれたダイールさんやレオニーさんも、今回が初めて飲むということなので楽しみにしているようだ。

「見た目は普通の牛乳だな。あれだけ体毛が赤いんだから、牛乳も赤いと思ったが」

真剣な表情で語るベントレーさん。

まあ、その気持ちが分からないわけじゃないけど、それだとなんだか手が出しづらくなってしまうな。

というわけで、コップに人数分を分けて飲んでみた——その感想は、

「「「「うまい！！」」」」

その場にいた全員の感想が一致した。

「牛乳特有の臭(にお)いや口当たりがまるで気にならない！」

「だからといって、味に物足りなさも感じませんな」

「不思議ね……私はどちらかというと牛乳って苦手な方だったけど、これならずっと飲んでいられ

るわ」

ベントレーさん、ダイールさん、レオニーさんがそれぞれ印象を口にする。そのどれもが絶賛するものであり、他の牧場職員たちからも同じような感想が飛びだした。

「これならば十分商品として通用する！　いや、それどころか、乳製品を作ればアスコサを起点にして大ヒットするぞ！」

燃え上がるベントレーさん。すでに牧場の牛乳をもとに作った乳製品の直営店をアスコサに用意しようと、鼻息荒く語っている。

だけど、確かにそれはヒットしそうだ。

アイスクリームとかチーズとか、想像しただけでよだれが出てくる。それに、牧場は他にも鶏や山羊を飼育する予定なので、まだまだ新商品が開発されていきそうだ。

「お願いしますね、ベントレーさん」

「任せてくださいよ、領主殿！」

俺からの言葉を受けたベントレーさんは仲間たちを集めると、

「野郎ども！　ここを世界で最高の牧場にしていくぞ！」

「「「うおおおおおお！！」」」

雄々しい叫び声がこだまする。

「あれでは冒険者パーティーと変わらないな」

「ははは、そうだね」

呆れたように言うシルヴィアだが、その顔は嬉しそうだ。

俺としても、頼もしい仲間たちが増えてくれて喜ばしい限りだ。

こうして、ジェロム地方初となる牧場は順調に滑り出したのだった。

紅蓮牛たちが加わり、ジェロム地方の畜産業が本格的にスタート。
この情報はデルガドさんら職人たちや書店を経営するユリアーネの両親、さらにはフルズさんとつながりのある冒険者たちによってアスコサへと持ち込まれ、あっという間に拡散していった。
話を聞きつけた商人たちが牧場へ「うちと契約をしてほしい！」と押し寄せてきて一時は大変な混乱を招いたが、数日も経つ頃には落ち着きを取り戻していた。
ジェロム産の牛乳は非常に評判がよく、品切れが相次ぐ事態となったが、ベントレーさんは利益を追求して牛たちから強引にミルクを奪うようなマネはせず、あくまでも牛たちが快適に生活できる空間を作るよう心掛けてくれた。

彼に頼んだのは正解だったな。

牧場経営が軌道に乗り、ホッとしたのも束の間――今度はフルズさんが「相談したいことがある」と言って屋敷を訪ねてきた。

「今日は一体どうしたんですか？」

「先日、ダンジョンを探索したところ……とんでもないものを発見したのです」

「とんでもないもの？」

フルズさんたちがダンジョンで見つけたという信じられないものとは……一体なんだろうか。めちゃくちゃ気になるな。

「これは是非とも直に見ていただきたくて――」

「なら、早速明日行ってみよう」

「！　だ、大丈夫ですか？　お休みにならなくて」

「問題ないよ」

「そういうことだ」

俺の提案に、シルヴィアも乗っかった。

「シ、シルヴィア？　君は屋敷で休んでいてもいいんだぞ？」

「何を言う。疲れなら平気だ。それに……私だけが屋敷に残ると、ロイスのことが気になって休んだ気にならないからな」

日頃からどんなに忙しくても剣の鍛錬を欠かさないだけあって、体力という面では俺よりずっと上だもんなぁ、シルヴィアは。

正直、俺としても彼女が一緒に来てくれるのは嬉しいし、何より心強い。

「そういうわけなので、案内をよろしくお願いします」

「わ、分かりました。それでは冒険者を数名用意し、明日の午前中からダンジョンへ潜りましょう」

話はまとまった。

フルズさんが発見したという「とんでもないもの」の正体とは一体何なのか。

今からダンジョンに向かうのがとても楽しみだ。

次の日。
俺とシルヴィアはアイテムが詰まったリュックをマックに託して屋敷を出た。
目的地はダンジョン。

フルズさんの話によると、そこは以前、山猫の獣人族たちの村を訪れる際に利用したルートから少し逸れるのだという。そういえば、あの辺を詳しく調査するって言っていたから、その際に発見したのかな。

ギルドに到着すると、フルズさんとミゲルさんを中心とする数名の冒険者、さらに護衛騎士であるダイールさんとレオニーさんのふたりを連れてダンジョンへ。

ここは慣れているし、俺もシルヴィアも初めて潜った時よりも鍛錬を積んでいるから大丈夫そうなのだが、「何かあってからでは遅いですからね」というダイールさんからのアドバイスを受けて同行してもらうことに。

さて、そのダンジョンだが……昔に比べて見方がだいぶ変わったな。

いい意味で、肩の力が抜けている。

油断や慢心とまではいかないが、ガチガチに緊張して怯えているよりかはずっとマシな精神状態だと言えた。

それはシルヴィアも同じで、穏やかな表情なんだけど気は抜いていないって感じだ。

しばらく歩いていると、分岐点に到達。当然、山猫の獣人族の村を訪れた時とは別のルートへと進む。

「こっちは完全に初見だな……危険な場所とかありました？」

「いえ、特にこれといっては。しかし、油断はできません」

フルズさんの言う通りだ。昨日までは何もなかったけど、今日になったら新しい脅威が生まれているかもしれない――それがダンジョンと呼ばれる場所だ。

その罠(わな)にハマらないよう、細心の注意を払って進んでいくが……何も起きずに目的の場所へ到着。

そこにあったのは信じられない光景だった。

「こ、これは⁉」

思わず声も大きくなる。

なぜなら、そこにあったのは――明らかに人の手によって造られた建造物の数々であった。

それも、このジェロム地方に来た当初発見した村の跡地のような、近代に造られた建築物ではない。遥か昔の遺跡群だ。

「この遺跡って……」

「恐らく、山猫の獣人族やムデル族が居着くよりも遥か昔に……この場所には人が住んでいたのでしょう。それも、ここにある建築技術を見る限り、素人目にも、住んでいた者たちが高度な文明を有していたと分かります」

フルズさんはそう仮説を述べる。

俺も同意見だ。

木材を一切使用していない、土づくりの遺跡だが、その技術の高さは現代にも引けを取らない。

まさか、俺たちの住んでいたすぐ近くにこんな場所があったなんて。

「どうしますか、領主殿」

「……もちろん調査はしていこうと思います。けど、これだけの規模になると専門家の意見が聞きたいところですね」

「専門家……考古学者ですね」

「見つけるのには少し時間がかかりそうだな」

シルヴィアの言う通り。伝手も何もない状態で捜しだすのは難しいだろう。

「仕方ないさ。知識のいる珍しい職業だしね」

遺跡現場から、歴史的価値のあるアイテムが出土することもあるしな。それがきっかけで億万長者になったという話も聞く。

ただ、俺は金に関心はない。

「一体いつの時代にできたもので、誰がどんな理由をもって造ったのか」という知的好奇心から来るものだ。

とりあえず、今はその考古学者が決まるまで、あの遺跡には手を出さず現状維持ということにしておこう。

ダンジョンで発見された遺跡をチェックし、屋敷へと戻ってきたら牧場主のベントレーさんたちが待っていた。

彼らはアスコサで売るための牛乳やそれを使った乳製品の開発を進めており、あれやこれやと試行錯誤を重ねながら試作を作り、俺のところへ持ってきてくれたのだ。

牧場での試作品を味わいながら、俺はどうやって考古学者の手配をすべきか考えていたのだが——

「ロイス様、少しよろしいでしょうか」

屋敷の自室で地図を眺めながら今後の方針を考えていると、そこへメイドのテスラさんがやってくる。

「どうかした？」

「いえ、その……ここのところずっと働き詰めでしたし、ここら辺りで少しお休みをとったらいかがでしょう？」

「お休み？」

言われて、俺はハッとなった。

ジェロム地方に移り住んでから、ずっとここを世界のどこにも負けない領地にしてみせると意気込み、今日まで頑張ってきたが……確かに、いつも何かしら仕事をしていた気がする。

ただ、俺としてはあまり「仕事をしている」という実感がなかった。

それがいいのか悪いのかはさておいて、とにかく動きたくて仕方がないというのが偽りのない本音。まだまだ霊峰ガンティアには謎が多い。放置されたままになっている例の古代遺跡だって、ガッツリ調査をしたい……そのためにも、代理で調査をしてくれる専門家をなんとか呼び込みたいところだ。

「あっ！　じゃ、じゃあ、バーロンへ行ってきます。ちょうど山猫の獣人族や精霊たち、あと牧場の件についてもテレイザさんに報告したかったですし、先日、祖父が残した霊峰ガンティアの資料が書斎で新たにたくさん見つかったという手紙もいただいていたので、それを確認しに」

名案だ。

長距離移動で気持ちをリフレッシュさせ、尚且つ、テレイザさんに諸々の報告と相談ができる。

まさに一石二鳥の素晴らしい案だ！

「……まあ、いいでしょう」

どこか腑に落ちないといった様子のテスラさん。まあ、彼女が思い描いている休みというのは、何もせずに体を動かすなってことなんだろうけど、さすがにそれはちょっとなぁって思うので妥協してもらわないと。

「その代わりと言ってはなんですが、必ずシルヴィア様を連れて行ってくださいね？」

「もちろんだよ」

「なら問題ありません」

あっ、いいんだ。

ていうか、シルヴィア基準なんだね……。

翌日。

いろいろあったが、気分転換も含め、シルヴィアとともにテレイザさんのいる鉄道都市バーロンへと向かうことになった。

その際に利用するのはやっぱりあの鉄道。

日本でサラリーマンをしていた頃は、出張で何度も新幹線に乗ったけど、あの頃には感じられなかった味わいを噛みしめている。仕事で使う資料とにらめっこばかりしていて、景色を楽しむ余裕なんてなかったからな。

「鉄道での旅はいいいな」

「あぁ、俺も好きだよ」

「特に駅で買う特製の弁当がいい」

「まったくだ」

　いわゆる駅弁ってヤツだな。

　停まった駅のある地方の特産品が使われた弁当だが、これが本当にうまい。ちなみに、俺たちがいつも乗るアスコサの駅弁は近くにある海で水揚げされる魚を使ったフィッシュフライサンドだ。

　買ってきた弁当を見つめつつ、俺は思いついた言葉をそのまま口にした。

「うちにもこういうのが欲しいな」

「こういうの？」

「ジェロム地方に来なければ食べられないような、特産品だ」

「それならやっぱり、紅蓮牛絡みになるのかなぁ」

　シルヴィアの提案に、俺も乗っかる。しかし、やっぱりふたりでいると領地のことを考えてしまうな。それだけ、俺たちにとってあの場所――ジェロム地方を大事に思っているってことなんだろうけど。

　……とはいえ、テスラさんの言う通り、そればかりになってしまい、気がついたら何もできない老人になっているというのもいただけない気がする。

シルヴィアとは、もっとたくさんふたりだけの思い出も残していきたい。

だから、一度仕事のことをスッパリ頭から外して純粋に旅行を楽しんでもいいかもな。

今回の件が一段落したら提案してみよう。

「？　どうかしたか、ロイス」

「なんでもないよ、シルヴィア」

この計画は、もうしばらく俺の胸の内にとどめておこう。


鉄道での移動を終えて、バーロンにあるテレイザさんの屋敷を訪ねた。

「あら、いらっしゃい」

いつもと変わらぬ優しい笑顔で俺たちを迎えてくれたテレイザさん。彼女は母上の妹で、俺とは叔母と甥（おい）の関係になる。さらに付け加えるなら、シルヴィアの二番目の兄であるマーシャルさんの恋人だ。

今回も急な展開だったためアポなしになってしまったのだが、彼女は俺たちのために時間を作ってくれるという。

「本当にいいタイミングだったわね。昨日まではとても忙しくて屋敷にいなかったのよ」

「す、すいません、お疲れのところ……」

「いいのよ。可愛い甥っ子のためだもの。逆に元気が出てくるわ」

テレイザさんはウィンクをして俺たちを応接室へと案内してくれた。

そこでソファにどっかりと腰を下ろすと、山猫の獣人族や山の精霊たち、さらには牧場運営について報告をする。

「山猫の獣人族の次は山の精霊……本当に凄いわね、あなたたち」

呆れの交ざった声で、テレイザさんは言う。

さらに、牧場の運営についても伝えた。

「牧場経営に関して私は素人だけど、聞いた話ではなかなか難しいらしいわ。……まあ、あなたたちのことだから、きっと順調にいっているのでしょう？」

「はい。今のところは問題なくやれています」

「それを聞けて安心したわ。ジェロム地方の乳製品かぁ……是非とも食べてみたいわね」

「完成したらロイスと一緒に持ってきますよ」

「楽しみにしているわ。それにしても、あなたたちは本当に仲が良いわね」

そう言って、テレイザさんは口元を押さえながら小さく笑う。きっと、シルヴィアがナチュラルに「ロイスと一緒に」と口にしたことを指しているのだろう。それに気づいたシルヴィアは途端に顔を真っ赤にしていたが、俺としてはそんな風に思ってくれていることを知れて嬉しかった。

そんな話をしているうちに、テレイザさんは顎に手を添えて何やら考えごとを始める。

それからしばらくして、何か答えが出たのか、晴れやかな表情を浮かべながら口を開いた。

「ロイスとシルヴィアは……山の神に愛されているのかもね」

「『山の……神？』」

精霊ではなく山の神。

これまた聞き慣れない存在が出てきたぞ。

「山の神ってなんですか？」

「お父様が言っていたのをふと思い出したのよ」

お父様――つまり、俺の祖父であり、山の精霊たちと面識のあるアダム・カルーゾのことか。

「あの山には神がいる。それが口癖だったの」

「そうだったんですね」

神、か。

もし本当にいるなら、是非一度会ってみたいものだ。

っと、それも祖父が残したという大量の記録を調べれば、何か分かるかもしれない。

「テレイザさん、祖父の書斎を見させてもらってもいいですか？」

「あっ、そうだったわね。でも、新しく見つかった記録はかなりの量よ？　持ち帰るのはかなり苦労しそうだけど……」

「大丈夫です。そのために新しくふたつの無属性魔法を覚えてきました」

そう。

この時のために、俺はユリアーネのところから魔導書を購入しておいたのだ。

それを披露するためにも、俺たちは本来の目的であった書物確保のため、書斎へと移動。以前と変わらず、そこには祖父の残した膨大な記録が山積みされていた。前回はあまりにも量が多かったので持ち帰りを保留したんだよな。

「これだけの量の本を持ち出せる無属性魔法があるの？　……本当に大丈夫？」

テレイザさんは心配そうに言うが、それについては問題ない。

「まあ、見ていてください」

いつものように魔力を練りながら、テレイザさんにそう告げると、やがて俺の掌には青白い光球が出現する。ここまでくれば、あと一息だ。

「よし……」

俺はさらに意識を集中させ——一気に魔力を注ぎ込んだ。

すると、光球は弾け飛び、中から一冊の本が出てきた。

「そ、それはなんなんだ、ロイス」

驚きながら俺に尋ねるシルヴィア。

そういえば、彼女の前でこいつを使用するのも初めてだったな。

これこそ、無属性魔法のひとつ――

「複製魔法だよ」

まったく同じ物を生みだせる複製魔法だ。

霊峰ガンティアに関する祖父の記録を持ち帰るため、俺は複製魔法を使って同じ物を作りだそうと考えたのだ。

俺の屋敷にオリジナルを揃えておくという手も考えたが、いざという時のためにバックアップは必要だろう。それに、テレイザさんは自身の父親であるアダム・カルーゾの書斎を生前のままに残してある。きっと、それは娘としての配慮に違いない。

なので、ここにある資料はこのままにしておきたいと俺は考えた。

かつて祖父が頭を捻っていた当時の姿のまま、このバーロンに残しておきたい――テレイザさんと同じ考えってわけだ。

その旨を伝えると、テレイザさんは「ありがとう、ロイス。あなたは本当にいい子に育ったわね」と言って微笑んでくれた。

「複製魔法……なるほど。それも確かに無属性魔法のひとつですな」

「さすがは領主様です！」

俺のすぐ横では納得したように呟くダイールさんと、ニコニコ笑顔で褒めてくれるレオニーさん。反応はそれぞれだが、俺は早速書斎にこもって複製を開始しようとする——と、

「ちょっと待って」

テレイザさんがストップをかけた。

「あなたの配慮にはとても感謝しているのだけど……ひとつ気になる点があるわ」

「なんでしょう？」

「複製して持ち帰るっていうのは分かるけど、これだけ大量の書物を抱えながらジェロム地方へ帰るつもり？」

祖父の書斎に残された霊峰ガンティアに関する書物——その数は相当なもので、下手をしたらユリアーネの店で売られている書物と同等かそれ以上であった。

「馬車の手配が必要なら、こちらでやっておくけど？」

「いえ、その心配はいりません」

俺はテレイザさんからの提案を断った。すると、途端にシルヴィアの表情が困ったように変わる。

「ロ、ロイス？　持ち帰る手段は用意してきていないはずだが……」

やはり、そこが気になるようだ。

もちろん、俺が断ったのにはきちんと理由がある。

「問題ないよ、シルヴィア。今回はもうひとつとっておきの魔法があるんだ」

「「えっ⁉」」

こちらには複製魔法と並び、もうひとつマスターした無属性魔法があった。

早速それを披露する。

魔力を込めた指先で、何もない空間に円を描く。

指の動きに合わせて生まれた魔力を含んだ円の図形――そこに、先ほど複製した本を放り込む。

魔力で空中に描いた円の中に、複製した書物が吸い込まれ、その光景を目の当たりにしたテレイザさんは驚きの声を上げる。

「⁉　ど、どうなっているの⁉」

「凄い……まるでそこに別の空間があるみたいだ」

「その通りだよ、シルヴィア」

「？　どういうことだ？」

「こいつは収納魔法。何もない空間に物をしまっておけるんだ」

これさえあれば、大量の荷物を手ぶらで運びだせる。これもまたレベルによって詰め込める量が決まるんだけど、今の俺のレベルでも、これくらいの書類ならば問題なく収納できるだろう。

欠点を挙げるとすれば、他の無属性魔法に比べて魔力消費が多いってとこだな。なので、そう頻繁には使えないのだが、これについては今後の鍛錬次第で改善されるはず。普段から使用できるようになるため、頑張らないとな。

「というわけなので、何も心配はいりませんよ、テレイザさん」

「ロイス……あなた、本当にたくましくなったわね」

目を細めて、テレイザさんは俺の頭を撫でた。

突然の行動に硬直していると、テレイザさんもハッとなって手を引っ込める。

「あ、あら、ごめんなさい。昔の癖でつい」

「癖？」

俺は昔――それこそ、子どもの頃にテレイザさんから撫でられていたのか。それも一度や二度ってわけじゃないようだ。

「それにしても、この量を複製するとなったらかなり時間がかかりそうね」

「え、えぇ、なので今日は――」

「うちに泊まっていきなさい」

「えっ？」

バーロンにある宿屋へ泊まろうと思っていたが、テレイザさんのご厚意により、屋敷へ泊めてもらうことにした。

テスラさんやエイーダには一泊することを伝えてあるので大丈夫だろう。

そうと決まれば、早速複製を開始するとしよう。

調べるのはアダム村に戻ってからでいいからな。

「よし！　始めるぞ！」

「頑張れ、ロイス！」

シルヴィアは応援役に回り、ダイールさんとレオニーさんは気を遣ってくれたらしく廊下で待機していますと言って部屋を出ていった。

なんとか夕食までには終わらせておきたい……やってやるぞ！


数時間後。

なんとかすべての記録を複製し終え、収納魔法で生みだしたスペースに保管しておくことができた。

しかし……想像以上の疲労だ。

それだけ魔力の消費量が激しいってわけだから、今後は注意しないと。

すべての作業が終わったとほぼ同時に、夕食ができたという知らせをダイールさんとレオニーさんから受け取る。

　すっかり腹ペコの俺とシルヴィアは足早に食卓へと向かい、並べられた豪華な食事に思わず声を上げて驚いた。テスラさんが作ってくれる料理もめちゃくちゃうまいが、こちらは高級素材のオンパレードときている。

　初めて見る食材を使用した料理に舌鼓を打っていると、テレイザさんから意外なひと言が。

「領地運営を頑張るのはいいことだけど、ふたりともまだ若いんだし、たまには思いっきり羽を伸ばしてきたら？」

「「羽を伸ばす……？」」

　俺とシルヴィアは思わず顔を見合わせた。

　なぜなら、それは昨日の夜、テスラさんに言われたばかりで、俺の方も鉄道内で真剣に考えていたことだったからだ。

　それを告げると、

「私よりもずっと近くであなたたちを見ているメイドがそう言うんだから、やっぱり働きすぎなのよ。――そうだ」

　テレイザさんは何かを思い出したようで、応接室内にある机の引き出しからある物を取りだして俺たちの前にあるテーブルへ置く。それは地図だった。

「ここから西にあるリゾート地なんてどうかしら」

「西のリゾート地って……もしかしてイーズですか？」

「そうよ。あそこなら、知り合いがいい宿屋を経営しているから、私が紹介状を書いてあげるわ」

「えっ？　で、でも――」

「それに、ジェロム地方の遺跡探索についても進展を得られるかもしれないわよ？」

「ど、どういう意味ですか？」

「今あそこでは千年以上前にできたとされる都市遺跡が発見されて、大規模な発掘調査が行われているらしいの」

「都市遺跡……」

ジェロム地方のダンジョンで発見した遺跡も、あの規模から察するに都市遺跡なのかもしれない。もしかしたら、そこに俺たちが求めている考古学者がいるかもしれない。

「ロ、ロイス……行ってみないか？」

心が傾きかけた時、ダメ押しをするかのごとくシルヴィアが上目遣いにそう尋ねる。

「あら、シルヴィアの方はちょっと興味があるようね」

「そ、その、確かにテスラさんやテレイザさんの言う通り、ロイスは少し働きすぎだとは前々から思っていたんだ」

「シルヴィア……」

「いや、それを抜きにしても……一度、ロイスと旅行をしてみたいとは思っていたんだ」

照れ臭そうに語るシルヴィア。

これに応えなくちゃ、男じゃないよな。

「そうだな。せっかくの機会だから、ゆっくり休むとしようか」

「そ、そうしよう！」

俺の言葉を受けて、シルヴィアはウキウキと瞳を輝かせる。こんなにも喜んでくれるなら、もっと早くに言いだすべきだったかな。俺もまだまだだ。

とりあえず、リゾート地として知られるイーズに一泊二日の旅行に出かけることが急遽決定となった。

ちなみに、そのリゾート地だが、ある目玉があった。

「ここは温泉が有名なのよねぇ」

「温泉ですか……」

いいなぁ、温泉。

疲れを癒すには最適だ。

どんな温泉があるのだろうとワクワクしていたら、テレイザさんからとんでもない情報がもたらされる。

「確か、霊峰ガンティアにも、温泉があるって噂があったわね」

「「えっ⁉」」

霊峰ガンティアに温泉⁉

そんな話は初めて聞いたぞ。

あの資料の中に関連する情報があるのだろうが……それにしても、テスラさんだけでなくテレイザさんにまで休暇を勧められてしまった。

これもいい機会だからと思って、シルヴィアとふたりだけの旅行を計画しようとしたわけだが——まあ、そういうわけにもいかない。

まだまだ発展途上にあるジェロム地方の領主とはいえ、俺の名前はまだアインレット家に残っている。

つまり、一応まだ貴族という立場だ。

……すっかり忘れていたけどね。

ともかく、旅先で何が起きるか分からないという理由から、護衛騎士であるダイールさんとレオニーさん、そして世話係としてテスラさんとエイーダの四人が同行することとなった。

「こればっかりは仕方がないか……」

「みんなでの旅行——それはそれで私は楽しみだけどな」

「そりゃあ、俺も楽しみではあるけど」

こういう時、立場ってヤツは不便だ。

……まあ、テレイザさんが「あなたとシルヴィアはふたり部屋で取っておくから」と言ってくれたし、向こうではふたりきりになる時間もたくさんあるだろう。それに、イーズの温泉も楽しみだ。


バーロンで一泊し、ジェロム地方に戻ってきた日の夜。

移動続きで疲れがたまっているし、今日は早めに寝ようと思う。

でも、テレイザさんからリゾートに関する話が出たこともあってか、なんだかいろいろと考えてしまってなかなか寝つけそうにない。

それはシルヴィアも同じようで、俺の部屋に集まり、寝る直前まで話し合った。

テレイザさんの話によると、リゾート地イーズの温泉街はここから西にあるドゥーリフ地方という場所にある。

そこの領主とも懇意にしているというテレイザさんは、俺たちに最高の宿と温泉を用意してやると豪語していた。本人も何度か足を運んだことがあるらしいので、期待して問題ないだろう。

「ドゥーリフ地方かぁ……ワクワクする！」

「エイーダさん？　私たちは遊びに行くわけではないのですよ？」

「わ、分かっているよ。でも、メイソンにお土産を買うくらいならいいよね？」

「まあ、それくらいなら構いません」

あくまでも仕事の一環としてリゾート地へ行くのだと強調するテスラさんだが……その割に、自分の荷物の中にはいろいろとお楽しみグッズを詰め込んでいたのを俺は見逃さなかった。

「ロイス、準備はできたか？」

「ああ、俺の方はバッチリだよ。シルヴィアは？」

「私も準備万端だ！」

そう語るシルヴィアの表情は、どこかいつもよりも明るく映る――いや、どちらかというと浮かれていると言った方がいいか。

――どうやら、楽しい旅行となりそうだ。

バーロンから戻って三日後。

テレイザさんの使い魔である青い鳥が屋敷へとやってきて、宿の手配ができたと教えてくれた。

すでに領民たちへは旅行の件を伝えているのだが、全員が「是非行ってきてください！」と後押ししてくれた。みんな、テスラさんと同じように俺やシルヴィアを働きすぎだと思ってくれていたらしい。

手紙をもらってからすぐに準備を整えると、俺たちは使い魔が持ってきてくれた目的地イーズまでの道のりが書かれたメモを手に、領民たちに見送られながらマックが引っ張る荷台に乗ってドゥーリフ地方へ向け、出発したのだった。

「なんだか……悪い気がするな」

「何を言う。フルズさんもマクシムさんも、ユリアーネだって、ゆっくり休んでくるようにと言っていたじゃないか」

「そうだったな」

今回の件をみんなに報告すると、全員が賛成してくれた。さっきの見送りだって、口々に「ゆっくりしてきてください」と言ってくれたし……本当にありがたい話だ。

「それだけ、みなさんの目から見ても、ロイス様が頑張りすぎていたと映っていた——そう思いますよ」

「確かに、領主様はメイドの私たちよりもずっとたくさん働いていましたよ！」

ついにはエイーダにまで苦言を呈(てい)された。

そ、そんなに働いていたかなぁ……ちょっと思い出してみよう。

ムデル族との和解。

魔鉱石の違法採掘現場を摘発。

山猫の獣人族との関係改善。

巨大怪鳥との戦い。

ジェロム地方初の牧場。

振り返ってみると、結構いろいろやっていたんだな。どれもこれも、生活の一部になっていたのであまり働いているという実感がなかった——とはいえ、中にはモンスターと戦ったりしたので日常的とするには少々あぶなかっしいかな。

でも、俺はそんな日々に充実感を覚えていた。これからも今までのように、よりよい領地を目指して頑張っていくつもりだ。それを実現するためにも、今回の旅行でしっかり英気を養っておかないと。

「あっ、ロイス！　あそこに大きな湖があるぞ！」

しんみりしていると、興奮気味にシルヴィアが叫んだ。彼女の指さす先には言葉通り広大な湖が見える。

「へぇ、こんな近くにあんな大きな湖があったなんて気がつかなかったな」

「本当ですね。今度のお休みはあの湖にピクニックへ行くというのはどうでしょうか？」

「あっ！　それいい！」

「エイーダさんのお休みではないのですよ？」

俺が返事をするよりも先に食いついたエイーダに、テスラさんは優しく指摘する。本当に姉妹のような関係だな、このふたりは。だいぶ年は離れているけど。

「湖でのピクニック……楽しそうだな、ロイス！」

「ああ。近いうちに行こうか。今度は他のみんなも誘っていこう」

「メェ～……」

「ははは、もちろんマックも一緒に連れて行くよ」

「メェ～！」

どうやら、シルヴィアも相当楽しみらしい。

……これからは、もうちょっと休みをとるペースを上げた方がよさそうだな。

それからしばらく進み続けると、風景にある変化が訪れた。

「あれ？　霧かな？」

不思議そうに言うエイーダにつられて、俺もそちらへと視線を移す。そこには、草木の生えていない岩場から噴き上がる煙が。

「そうか。温泉だからか……みんな、目的地はもう目の前だぞ」

「楽しみだな、ロイス！」

「おう」

目的地が近づくにつれて、シルヴィアのテンションはドンドン上がっていき、近いうちに最高潮へ達するんじゃないかなってくらい盛り上がっている。その微笑みはこれからの楽しい旅を予感させてくれる――まさに天使の笑顔だ。

「おや？　あそこに見える大きな町は……どうやら、最終目的地のイーズみたいですね」

テスラさんの声に反応して視線を移すと、そこにはジェロム地方から一番近くにある都市アスコサよりもずっと大きな町が見えた。

テスラさんの言う通り、あれがドゥーリフ地方にあるリゾート地ことイーズみたいだな。

町中へ入っていくと、荷台から下りる。

「「おおー！」」

シルヴィアとエイーダは初めて見る町の光景に瞳を輝かせていた。確かに、ここは俺たちが見慣れた都市部とは構造がまるで違う。とても新鮮な光景だった。

「まるで温泉街だな」

「温泉街というのは？」

「えっ？　あ、ああ、書物で読んだんですけど、温泉がある場所にはイーズみたいにいろんな宿が集中していたり、観光客を相手にした店舗が多く立ち並んでいるところが多いみたいです」

「なるほど。それほどの規模なら街と言って差し支えなさそうですね」

ダイールさんからツッコミを入れられてちょっと焦った。

あれは前世の記憶だからな。

ただ、その前世の記憶にある温泉街と、このイーズの町は見事に一致している。温泉を売りだそうとしたら、こういう町並みになるのかな。それとも単なる偶然なのか。

「領主様！　テレイザ様の用意してくださった宿はこちらのようです」

「分かりました。ありがとうございます、レオニーさん」

温泉街の散策は、持ち込んだ荷物を宿に運んでからにしよう。

目的の宿屋も町の風景と同じように、俺たちの知るものとは一風変わっていた――が、転生した俺にとっては、見慣れたデザインの建物だ。

「王都やアスコサでは見かけない、珍しい形だな」

「本当ですね。私たちの住んでいる国の町ではありますが、なんだか異国情緒を感じます」

落ち着きを取り戻したシルヴィアとテスラさんは、俺たちの住むアルヴァロ王国との違いに関心を持ったようで分析を始めていた。

——ただ、俺は違っていた。

初めて見る新鮮さというより、どこか懐かしささえ覚える。

なぜなら、この宿の外観は日本の温泉宿にそっくりだったからだ。

とりあえず、テレイザさんの紹介してくれたその宿に入り、部屋を確認。さすがに内装は和室のような造りではなかったが、雰囲気は近いものがある。

荷物を部屋へ運び終えると、もっとこの温泉街を楽しもうとみんなで外へと繰りだした。

「凄いな。あちこちで温泉が湧き上がっているぞ」

「これだけ大規模な街だからなぁ。やっぱり、温泉の量もかなり多いんだろう」

俺たちは町の中心地にある広場へとやってきた。

その広場の真ん中にはオブジェが立っていて、その周りから温泉が湧き出ていて、そこから街中の宿に注がれているようだ。

温泉街を楽しんでいるのは俺たちだけではない。

テスラさんとエイーダとレオニーさんの三人は、屋台で売っている温泉饅頭や蒸し野菜などを堪能。一方、ダイールさんは温泉街の常連客と温泉トークで盛り上がっている。

そんな光景を眺めていると、俺やシルヴィアが多忙ということは、他のみんなも同じくらい働いてくれているんだなと再認識する。言ってみれば慰安旅行だな、これって。

あと、街の賑わいを見ていると、やっぱり温泉というのは観光資源として優秀なんだなって改めて思う。テレイザさんの話だと、霊峰ガンティアにも温泉があるらしいが――

「って、ダメだ！」

せっかくの楽しい旅行に仕事の話はＮＧだ。

今はこの時間をゆっくりと楽しむことにしよう。

「ロイス！　私たちも温泉饅頭を食べよう！」

「いいけど、このあと宿でおいしい夕食が待っているぞ？」

「うぐっ……」

「あはは、冗談だよ。少しくらいなら大丈夫だから食べようか」

「そ、そうだな！　あと、あっちにある蒸し肉も！」

「……食べすぎないようにね」

これまでに見たことがないくらいテンションが高くなっているシルヴィア。本当に旅行へ来てよかった。ここまで楽しんでもらえたら、こっちも嬉しくなる。

それからも俺たちは温泉街を楽しんだ。

それだけじゃない。

この後にはメインディッシュである夕食に温泉が待ち構えている。

今から楽しみなのだが、ここでテスラさんからある情報がもたらされる。

「ロイス様」

「何？　テスラさん」

「宿の温泉ですが——大衆浴場と部屋に備えつけのプライベート温泉があります」

「なるほど」

「私たちは大衆浴場へ行きますので、ロイス様とシルヴィア様はそちらのプライベート温泉をご利用ください」

「うん。——うん？」

——あれ？

今何か、引っかかるワードがあった気がするけど……気のせいかな？

温泉街の散策を満喫すると、次はいよいよメインとなる温泉と料理だ。

料理は食堂でいただくのではなく、部屋に運ばれてくるらしい。

なんだかこういうところも日本の温泉宿に似ているな。

その部屋というのも、当然男女によって分けられていると思いきや、そういうわけではないらしい。

まず、女性陣はテスラさん、エイーダ、レオニーさんでひと部屋。そしてダイールさんは単独でひと部屋。

「わ、私がこのような扱いでいいのですかな……」

ひとり部屋ということで、ダイールさんは恐縮していたようだが、実は陰ながらよく働いていてくれたのを俺たちはよく知っている。同僚であるレオニーさんに剣術の指南をしたり、ダンジョンに関する知識をフルズさんと共有したり――まさに縁の下の力持ちって働きをしてくれた。

そんな彼にも、この温泉旅行で日頃の疲れをしっかりと癒してもらいたい。

俺たちがいると、きっといろいろと気を遣ってしまうだろうからな。

今回の部屋割りにはそんな思いもあった。

それとあとひとつは――テスラさんの強い要望により、俺とシルヴィアを同室にしたいという理由もある。

これまでも、宿屋で同じ部屋に寝泊まりするということはあった。

実際、ジェロム地方にある屋敷ではそれぞれ部屋があるものの、お互いの部屋にはベッドがふたつ用意されていた。

これはどちらかの部屋で夜遅くまで話し合っていてもそのまますぐ寝られるようにという配慮で

ある。

最初は緊張していたシルヴィアだが、最近ではどちらかの部屋で一緒に寝る流れになってもリラックスした状態で過ごせている。

まあ、俺としても、変にギクシャクするよりかはずっといいと思っているが……テスラさんとしては、今回の旅行では少しくらい違った反応を見たいというのが本音なのだろう。

その「違った反応」を見られるかどうか――キーポイントとなるのは部屋に備えつけてある露天風呂にある。

滅多に手に入らないという高級木材を使用し、高名な職人が腕によりをかけて作ったという特製の風呂。そこにふたりで浸かりながらひと時を過ごせば……嫌でも盛り上がってくるだろうという算段らしい。

そんなわけで、俺たちは一旦自室へ戻った後、俺とシルヴィアの部屋に集まり、そこへ料理を運んでもらう。

温泉街の屋台でも、ついついいろいろ食べてしまって不安だったが、運ばれてきた料理を目の当たりにすればそんな心配も吹っ飛んでしまう。

「「「「おおう！」」」」

全員がそんな声を漏らしてしまうほど、まさに豪華絢爛な料理の数々であった。

海と山の幸が程よいバランスで並んでおり、そのどれもが素人目にも高価だと分かる一級品揃い。

さらに、それらの高級食材が最高の腕で調理されており、盛り付けにも強いこだわりが見て取れた。

まさに職人技だな。

「た、食べてしまうのがもったいないくらいだ……」

「そ、そうだな……」

シルヴィアの言う通り、どこから手をつけたらいいのやら。

というか、手をつけるのがためらわれてしまうくらいだ。

宿のルールにより、羊であるマックは残念ながらこの場にはいない。一応、宿が管理する厩舎（きゅうしゃ）に預けられており、最高の環境で過ごしているという。一緒に温泉なんかも入れたらよかったのだが……それはお預けになってしまった。

マックには悪いと思う一方で、俺の関心はひと口サイズにカットされたステーキへと移っていた。

恐る恐る、素人目にも高価だと分かるその肉へと手を伸ばし、頬張（ほおば）った。

「っ！　うまい！」

噛むことで溢れ出る肉汁が口内へと広がっていく。

これが……高級宿屋で振る舞われる料理か！

味わっている最中、ふと転生直後に飲んだ味のないスープを思い出す。あれは作ってくれたテスラさんの料理の腕とか関係なく、純粋に食材が手に入らなかったという事情があったんだったな。

でも……その頃に比べたら本当によくぞここまで来たって自分を褒めたくなってくるよ。

「おいしい！」

「勉強になりますね」

「たまにはこういうのもいいですな」

「はい！」

エイーダ、テスラさん、ダイールさん、レオニーさんも、宿屋のおいしい料理を堪能しているようだ。特にテスラさんは、この味を勉強して、さらに自身の料理の腕を向上させようとしている。

……俺に仕事のことは忘れるようにと言っておきながら、自分もなんだかんだ仕事のことを考えているな。

こうして、俺たちはいつもとは一風変わった食事を楽しみ、それが終わると今回の旅のメインである温泉を楽しもうという話になった。

俺とシルヴィアを除く四人は大衆用の大浴場へ向かうとのこと。

「楽しみだね！」

「えぇ、そうですね」

「いよいよか……楽しみだな」

「はい！」

はたから見ていても、四人がウキウキしているというのが伝わってくる。

――が、俺とシルヴィアの場合はちょっと違う。

「それでは、こちらのプライベート温泉はおふたりでお楽しみください」

「あ、ああ、ありがとう」

「どうかおふたりでお楽しみください」

「………………」

わざわざ念を押してくるとは……しかし、ここまでお膳立てをされたのだから、行くしかないか。

みんなが部屋を出ていくと、嘘のようにシンと静まり返った。

「急に静かになったな……」

「あ、ああ……」

なぜか気まずい空気が流れる。

「よ、よし！　俺たちも温泉を楽しむとするか！」

「そ、そうしよう」

せっかくの旅行なのだから、今みたいな重苦しい空気はご法度だ。雰囲気を変えるため、俺は温泉に入ることを提案。シルヴィアもそんな俺の気持ちに気づいてくれたようで、素直に乗っかってくれた。

……まずはシルヴィアの方に入ってもらって――

「な、なあ、ロイス」

「うん？」

「せっかくだから……一緒に入らないか？」

「……えっ？」

思わず、シルヴィアの方へ勢いよく振り向く――と、言い終えたシルヴィアの顔は真っ赤に染まっていた。

……俺は何をしているんだ。

せっかくテスラさんがお膳立てをしてくれたというのに、シルヴィアの方から言わせてしまうなんて！

「うん。一緒に入ろうか」

きっと、ありったけの勇気を振り絞ってくれたのだろう。

そんなシルヴィアの頑張りに少しでも応えようと、俺はすぐに返答したのだった。

入る順番に関してはバラバラにしようという向こうからの申し入れがあり、俺は先に湯舟へと浸かる。

「いい湯だなぁ……」

周りは高い塀で囲われているものの、少し目線を上に持ってくれば、夜空には満天の星が輝いている。星座に詳しくないのがもったいないと思えてくるほどだ。大衆向けの浴場には、露天風呂がないとのことだったので、これはある意味、特権と言えるだろう。テスラさんたちには申し訳ないな。

そんなことを考えていると、

「ま、待たせてしまってすまない」

「!?」

ついにシルヴィアが入ってきた。

振り返ると、そこにはタオルを巻いただけのシルヴィアが……さすがにまだちょっと抵抗があるらしい。

……でも、俺はそれでいいと思っている。

何よりもまずは、この空間をふたりで一緒に楽しむということに専念しないとな。

「おいで、シルヴィア」

「あ、ああ……」

俺が呼びかけると、最初はビックリしたように目を見開くが、すぐに応じて湯舟へと入ってくる。

さて……何から話そうかな。

沈黙を生みだしてはならないと気持ちが焦ってしまえば、より言葉が詰まってしまう。こういう時は心を落ち着けて、何気ない話題から振っていくのがベストだ。

「外へ出て風呂に入るというのも、なんだか変な気分だな」

「あれ？　でも、山猫の獣人族を捜す時は、みんなと一緒に入ってなかったっけ？」

「あ、あれは水浴び程度だっただろ」

ふたりで肩を並べ、あったかいお湯に体を浸けながら、これまでを振り返る。

……なんか、これまでとあまり変わらない気がしないでもないが……まあ、これが俺たちのリズムなんだ。テスラさんには悪いけど、恐らく彼女が想定していると思われる劇的な進展は望めそうにない。

「なあ、ロイス」

そんなことを思っていると、シルヴィアに呼ばれた。

――ただ、その口調はどことなく重苦しい。

その理由はすぐに明かされた。

「私が婚約者で……後悔はしていないか？」

「えっ？」

意外すぎる質問だった。

むしろ、その手の質問は俺の方から切りだすべきだろう。何せ、前世の記憶が戻るまでの俺は、あのボロ屋敷に引きこもるだけの無気力人間だった。そこから、自分の立場を悪くした無属性魔法を逆に役立たせようと、ジェロム地方の運営に乗りだしたのだ。

シルヴィアは、そんな俺にずっとついてきてくれた。

後悔どころか感謝しかないよ。

これはきちんと声に出して伝えなくちゃならないと判断し、すぐさまそれを実行。シルヴィアの目を見てきちんと伝えた。

「俺はシルヴィアが婚約者で後悔したことなどただの一度もないし、一瞬だってそんなことを思ったりはしなかった。むしろ、君には感謝しているよ。ずっと無気力だった俺を見捨てずにいてくれたからね」

「そんな……私は、ロイスならきっと立ち直ってくれると信じていた」

シルヴィアは、俺をずっと信じてくれていたのか。

記憶の片隅にある、シルヴィアとの初対面の時を思い出してみる。

俺たちはいわば政略結婚であった。

父親同士が、互いの地位をより高みへと進めるためのイベント――俺たちふたりの結婚は、その程度のことであった。

俺もシルヴィアも、そのことは薄々察していた。

互いに、家では必要とされないのけ者同士。

……ただ、シルヴィアの場合は、二番目の兄であるマーシャルさんがいろいろと気にかけてくれていたようだけど、俺の場合は違う。

もしかしたら、自分で気づいていないだけで、家族に対して「見ていろ！」という反骨精神のようなものがあったから、俺は頑張れたのかな。もちろん、今はみんなと楽しく暮らしたいという考えが一番の軸になっているが。

このやりとりで緊張感から一気に解放された俺たちはジェロム地方のこれからについていろいろと話した。

あれだけ仕事の話はしないって言ったのに、共通の話題となるとどうしても領地運営が出てきちゃうんだよなぁ。ある意味、これは俺たちにとってライフワークだし、生涯をかけて取り組んでいかなくちゃならないテーマだと思っている。だから、この手の話は苦になるどころかとても楽しんでやれるのだ。

最初は屋敷の模様替えとかってレベルだったけど、次第にそれは地方全体のことにまで及んだ。

――でも、やっぱり仕事って気持ちはまったくない。

あとから振り返ってみると、「仕事の話だな」って思えるが、話している時はまったくそのような感じはなかった。

きっと、俺たちにとっては天職だったのだろう。

とりあえず、俺とシルヴィアの意見はある一点へ特に熱量が注がれていた。

それはテレイザさんも言っていた、霊峰ガンティアの温泉事情についてだ。

「テレイザさんは霊峰ガンティアにも温泉があるって言っていたよね」

「ああ……しかし、私たちは何度も霊峰ガンティアに登っているが、一度もそれらしい場所を目撃していないな」

「これまで挑んできた中でもっとも標高が高かったのはムデル族の集落がある地点……温泉があるのはそこよりもっと高い位置なのかもしれないね」

「あるいは、山猫の獣人族たちが住んでいる付近かも」

「だったらダンジョンの中って線もあるよ！」

……ダメだ。

候補地が多すぎるんだよなぁ。

もっと絞り込める要素があればいいのだけれど。

結局、その後の会話もほとんどが領地運営にかかわるものとなってしまい、せっかくの混浴だというのに色気のない展開となるのだった。

これもまた俺たちらしいと言えばらしいんだけどね。


温泉を満喫した俺たちは、宿屋の中を少し見て回ることにした。

ちなみに、今は宿屋が用意してくれた特製の服を着ているのだが……これが日本の宿の定番ともいえる浴衣にそっくりなのだ。

この辺もだいぶ独自性があるのだが、それ以外にもいくつか一般的な宿屋と異なる点が存在している。言ってみれば観光地仕様ってヤツかな。とにかくお客を楽しませるためのさまざまな施設があったのだ。

「見ろ、ロイス。あそこにお土産屋があるぞ」

「ホントだ。ちょっと寄ってみようか」

「うん！」

目に入った店へ、シルヴィアと一緒に入っていく。

さすがは観光地だけあって、さまざまなグッズ展開がされていた。マスコットキャラクターみたいなのもいるし、客も多くて賑わっているな。

「さすがに領民分のお土産を買っていくのは無理かなぁ」

だとしたら、部屋に飾るための置物でも買っていこうか。この大きな魚をくわえた木彫りの熊とか……どっかで見たことあるな。そんな調子でお土産物屋を物色していると、

「おや？　ロイス様？」

テスラさんとバッタリ出くわした。

俺たちと同じで浴衣スタイル。そして髪型もいつもと違って束ねている。それだけでだいぶ印象が変わるな。正直、最初ちょっと分からなくて焦ったよ。

「温泉はどうでしたか？」

「最高だったよ」

「温泉から見える景色は？」

「最高だったよ」

「シルヴィア様は？」

「最高だった――あっ」

「そうですか」

ハメられた。

いや、まあ、最高だったというのは紛れもない事実なので今さら訂正する必要もないのだけど。

「楽しい時間を過ごせたというのは事実のようですね」

「……はい」

正直、テスラさんの手助けがなかったらあんな時間は過ごせなかっただろうな。たぶんお互い別々に風呂へ入って、感想を述べ合うくらい――って、一緒に入ったってくらいでたいして変わらないか。

それでも、やっぱり「一緒に風呂へ入った」という事実はこれまでを振り返ってみると大きな一歩となるだろう。

「……私としては、もう二段階くらい上の発展を期待していたのですが……それはそれでおふたりらしいといえばらしいですね」

テスラさんはニコリと柔和な笑顔を見せた。

期待に添える結果とはならなかったが、俺たちの関係性をもっとも近くでもっとも長く見てきた彼女には、その結果こそがもっとも俺たちらしいという結論に至ったようだ。

「それはそうと、実はロイス様の耳に入れておきたい情報がひとつありまして」

「情報？」

「こちら、先ほど宿屋のロビーにあった張り紙ですが……ご覧ください」

テスラさんが持ってきてくれた張り紙。どうやら、この近辺にある観光スポットを紹介しているものらしいが、そこに気になる記述を見つけた。

「フォンタス遺跡……？」

古代遺跡、か。

そういえば、テレイザさんがこの近辺で都市遺跡が見つかり、発掘調査が行われていると教えてくれたんだったな。

「これって、テレイザさんが言っていた遺跡じゃないですか？」

「間違いない。……よし。明日はここを見て回ってからジェロム地方へ戻るとしようか」

「分かりました。それでは皆に——おや」

テスラさんの視線の先ではシルヴィアと、いつの間にか集まっていたエイーダとダイールさんとレオニーさんの計四人が談笑しながらお土産を選んでいた。

「どうやら、集める必要はなさそうですね」

「ああ、そのようだ。——俺たちも行こう」

「はい」

みんなと合流するため、俺とテスラさんは歩きだす。

明日は遺跡巡りになりそうだ。

翌朝。

遺跡巡りをするため、俺たちは朝食を終えると荷物をロビーで預かってもらい、フォンタス遺跡へ向かう。

だが、その前にやらなくてはいけないことがあった。

「マック、おまたせ」

「メェ～！」

宿の厩舎に預けていたマックとの再会。

ひとりで過ごすのはかなり寂しかったらしく、俺たちを見つけるともの凄い勢いで突っ込んできた。これは今回の旅の反省点だな。今度はマックも一緒に楽しめる場所にしよう。

マックと合流後、俺たちはフォンタス遺跡を目指して出発。そこは温泉街から十五分ほど歩いた場所にあるらしい。

宿のロビーには遺跡の説明文が張りだされており、それによるとフォンタス遺跡は今から千年以上前に造られたとされる都市であるらしい。今も多くの考古学者がチームを組んで発掘作業が続けられているという。

よく見ると、ロビーの近くにはその遺跡で発掘されたと思われる出土品があちこちに展示されていた。

宿屋を出て東に向かうと、中心街から離れていくこともあって人影が減っていき、やがて殺風景な場所へと出た。そこからさらに歩いていくと人だかりが見え始める。明らかに観光客ではない彼らこそ、遺跡の発掘チームだろう。

「ロイス！　あそこに人が！」

「どうやら、遺跡はあの場所にあるみたいだな」

あまりにも周りとの雰囲気が違うからな。実に分かりやすい。

早速そこへ行くと、たまらず「おおっ！」と声が漏れでた。

フォンタス遺跡は、俺の想像を遥かに超える広範囲に渡って存在していたのだ。

それにしても……壮観だな。

こういう史跡巡りってやったことないけど、悪くないな。いわゆる歴史のロマンってヤツかな。

かつてここでどのような生活が営まれていたのか、想像するとワクワクしてきたよ。

まだ発掘途中の場所には近づけないように柵が設けられており、兵士と思われる武装した男性数人が見張っている。

かなり厳重な守りだな。

宿屋に貼ってあった説明文によると、この遺跡の調査には国家が深く関わっているとのこと。ただ、遺跡の規模を考慮したら、人件費とか諸々の費用もかかるだろうし、それくらい強力なバックがないと難しいよな。

なぜそこまで力を入れるのかと疑問を抱いたが、ダイールさん曰く、歴史的な価値の他に強大な効果が得られる魔道具などが埋まっている可能性もあると言う。

「詳しいんですね、ダイールさん」

「こう見えて、骨董品には少々うるさいですよ？」

自信ありげな笑みを浮かべて答えるダイールさん。そういえば、昨日も展示されている出土品を熱心に眺めていたな。エイーダなんかはまだ子どもだから、割と早く飽きてしまったようだったけど。

出土品の質に関しては、俺の求めるところではない。

あの遺跡は一体いつ頃に造られたもので、そこで暮らしていた人々はどんな生活を送っていたのか……金銭的な価値より、歴史的な価値の方が俺は大事かな。

しかし、実際にこうやって遺跡の発掘現場を訪問してみて、分かったことがひとつある。

「これだけの規模でやるのは難しいだろうな……」

フォンタス遺跡の発掘調査現場――そのあまりの規模に、俺の口から思わず弱気な言葉が出てしまう。

「ですが、うちには頼れる冒険者たちがいますよ」

俺の弱々しい発言を耳にしたレオニーさんは、冒険者たちに遺跡調査の手伝いをしてもらおうと提案する。

だが、冒険者の力を借りようというのは俺も前から考えていた。

「もちろん彼らの力は必要になってくると思います。ただ、できれば専門的な知識を持った人が欲しいですね」

「領主殿の言う通りですな」

こちらの意見に、ダイールさんも賛同してくれた。

発掘方法や歴史の知識など、俺たちには欠けている要素をしっかり補ってくれる存在……要はその道のプロが必要になるのだ。

優れた人材を求めて、周りへ視線を巡らせる。さすがは大規模調査が行われているだけあって、遺跡近くにはいかにも考古学者って格好をした人たちが溢れかえっていた。

「これだけいるんだから、ひとりくらい貸してもらえないかな?」

「ふふっ、さすがにそれは無理ですよ」

エイーダの実に子どもらしい率直な意見に冷静なツッコミを入れるテスラさん。その光景が微笑ましすぎて、思わずみんなの頬が緩んだ。——とはいうものの、俺はちょっと「それいいかも」と思ったりして。

その時、俺たちの横をひとりの女性が通過していった。年齢はレオニーさんと同じで二十代前半くらい。水色のショートカットヘアに翡翠色の瞳、そして黒縁のメガネが印象的だった。

「あ、あの！」

女性は少し緊張気味に兵士へと話しかけた。

「なんだ？」

「わ、私、カナン・ウィドールと言いまして、ここから遠く離れたブランシャル王国という国で考古学者見習いをしていた者です」

あの人……考古学者なのか。

でも、見習いって言っていたから、まだ経験が足りていないってわけか？

「その考古学者見習いが、なんの用だ？」

「私をここで働かせてください！」

カナンと名乗った女性は叫ぶように言って、深々と頭を下げたのだった。

兵士は想定外の言葉に一瞬戸惑ったようだが、すぐに冷静さを取り戻して決められた対応を取った。

「悪いな。ここの調査団へ入るにはそれなりの資格がいる」

「し、資格ですか？」

「要は実績だよ。あなたはこれまでどこかの発掘現場でどのような功績をあげてきた経験がある？」

経験値を尋ねられると、女性の顔色はみるみる悪くなっていった。

「あ、ありません……」

「そりゃ残念だ。実績のないお嬢さんを調査団の団長さんが雇うわけがない。あきらめてさっさと帰れ」

兵士はまったく相手にしていない様子。

しかし、カナンさんはあきらめずに食らいついていく。

「せ、せめて、調査団の団長であるホプキンスさんに会わせてください」

「ダメだ。団長はお忙しい方なんだよ。ほら、さっさと帰んな」

「そんなぁ……」

さすがにもう粘っても無駄だと悟ったのか、カナンさんはガックリと肩を落としてその場を立ち去った。

「……ロイス」

その様子を見ていたシルヴィアが俺の名を呼ぶ。振り返ると、何かを訴えかけるような力強い眼差しでこちらをジッと見つめていた。

……まあ、言葉にしなくても何を言いたいのかは分かる。

彼女に声をかけろってことだよな。

シルヴィアだけじゃなく、テスラさんもエイーダもダイールさんもレオニーさんも、みんな一斉に目で訴えかけてくる。無言の圧が凄いな。

とはいえ、俺もそうしようと思っていたから別にいいんだけどね。

ただ、彼女はここの遺跡にご執心って感じだったから、名前も知らないような地方の遺跡調査なんて引き受けてくれるかどうか……まあ、さっきの兵士が口にしていた実績作りには向いていると思うけど。

ともかく、俺たちはカナンさんを追い、声をかけてみることにした。

「あの、すいません」

「ふぁい……？」

覇気が丸ごとすり抜けてしまったような返事をしながら、カナンさんが振り返る。

「あ、あなたたちは……？」

いきなり大人数で押しかけたため、カナンさんは俺たちを警戒している様子。

「ちょっとお話をしたいんです。——遺跡について」

「えっ⁉」

俺が遺跡の話を切り出すと、途端に目を丸くして驚くカナンさん。

「い、遺跡って⁉」

「あなたに調査をしてもらいたい遺跡があるんですよ」

「調査⁉」

いろんな情報が一気に押し寄せてきたことで、カナンさんは混乱しているようだ。

まずは頭の冷却期間を置くためにも、当たり障りのない会話から入り、徐々に本題へと移っていこう。

「自己紹介がまだでしたね。俺の名前はロイス・アインレットと言います」

「あっ、え、えっと、カナン・ウィドールです」

俺が自己紹介の口火を切り、全員分を終えるとこちらの素性を打ち明けた。

「俺はここから少し離れた場所にある、ジェロム地方の領主をしています」

「は、はあ。――って、領主⁉　じゃ、じゃあ、あなた様は貴族なんですか⁉」

「い、一応そうなります」

しまった。

その情報は先に伝えておくべきだったな。またもパニックになりかけているカナンさんを落ち着かせるべく、「コホン」と咳払いを挟み、場の空気をしずめてから話を再開させる。

「そのジェロム地方で、最近遺跡が発見されたんです。どのような遺跡であるか、俺たち素人にはまったく見当もつかなくて……そこで、あなたに調査の依頼をしたいと思い、声をかけました」

こちらの要求はしっかりと伝えた。

果たして、彼女の答えは――

「わ、私なんかでいいのでしょうか……」

自信なさげにそう告げる。

さっきの兵士が口にした言葉――「実績がない」というのがよほど堪えているようだな。それにこのタイミングから「もしかしたら詐欺の類では?」と疑われてしまっているのかもしれない。

「大丈夫ですよ、カナンさん。ジェロム地方はとてもいいところですし、領民たちも協力的です。あなたにとってもプラスになることだと思います」

シルヴィアは穏やかさ二割増しくらいの声でカナンさんへ訴える。

「………」

同性のシルヴィアから言われて、カナンさんの心は大きく揺らいでいるように見えた。それからしばらくして、何かを決意したように大きく頷いてから真っ直ぐにこちらを見据える。

「……分かりました」

カナンさんは声を絞りだすようにして話し始めた。

「一度、その遺跡を見せていただきたいのですが」

先ほどよりも歩み寄ってくれた提案だ。もちろん、俺はその申し出をすぐに了承し、彼女を連れてジェロム地方へと戻ることにした。


温泉街に戻ってきた俺たちはすぐに帰宅の準備を始める。

それが整うと、マックの引く荷台への乗員をひとり増やし、リゾート地であるドゥーリフ地方をあとにして帰路へと就いた。

「あ、改めて見ると凄く大きい羊さんですね……」

「メェ～」

「っ！　お、怒らせちゃいましたか？」

「いや、きっと嬉しいんだと思いますよ」

「そ、そうなんですね」

カナンさんが驚くのも無理ないかな。マックほどのサイズをした羊ってそうそういるものじゃないしね。

移動中、俺は見つかった遺跡について分かっている限りの情報を話す。とはいえ、領民の多くは冒険者か、その稼業を支える商売屋が多い。そのため、考古学の知識はほとんどないに等しく、正確に伝えられているかどうか少し不安が残る。

それでも、見習いとはいえ考古学の知識は俺たちよりもずっとあるだろうカナンさんは、培ってきた知識をもとにして分析を行う。

「ダンジョンの中にある遺跡ですか……」

彼女が最初に食いついたのは、遺跡のある場所だった。

「ダンジョンに遺跡があるって珍しいんですか？」

「そういうわけではありませんが……聞くところによると、そのダンジョンというのも霊峰ガンティアという山にあるんですよね？」

「え、えぇ」

「聞くところによると、規模はかなり大きいみたいですが……そこまでの遺跡ならば存在を匂わせる書物が出ていてもおかしくないはずですが」

なるほど。

あれだけ大きければ、確かにそれなりに発展した形跡があるため、どこかにそれを示す記述があってもおかしくはない――というか、ない方がかえって不自然か。

そうなってくると、あの遺跡の正体が本当に分からなくなってきたな。

そもそも、ダンジョンにあるって……何を目的に造られたものか、建造の意図もまったく読めない。

「……いいですね」

おもむろに、カナンさんはそう呟いた。

「あまりにも謎が多すぎて、なんだかワクワクしてきます！」

黒縁メガネの向こうに輝く瞳を眺めていると、ジェロム地方にやってきた頃の自分を思い出す。

あの頃は本当に何もかもが手探り状態だった。それでも、シルヴィアと一緒に幸せな暮らしを送りたいという気持ちで、開拓を進めていったんだ。

カナンさんは俺と同じように、立ちはだかる課題克服を楽しみながらやれるタイプなんだろうな。

「俺もカナンさんと同じ気持ちです。あの遺跡の謎が気になって仕方がないんですよ」

「やはりそうでしたか！」

さらにテンションが上がっていくカナンさん。そこで、俺はもう一度彼女に遺跡調査のお願いをしてみる。

「あなたには、是非その謎を解明していただきたいのです」

「ロ、ロイス様……」

気持ちが大きく揺らいでいるのが分かる。

しばらく悩んだ彼女が出した答えは――

「……正直に言いますと、まだ実際に遺跡の調査へ乗りだしたことがないのでご期待に添えるかどうか断言しかねます。が――ロイス様たちのお話を聞いていると、やってみたいという気持ちが湧き上がってきているのです」

カナンさんの瞳の輝きが増す。

どうやら、この調子だと依頼は受けてもらえそうだな。

俺たちも一度、カナンさんと一緒に遺跡へ足を運んでみるとするか。

◇◇◇

途中で一泊を挟みつつ、無事にジェロム地方へと戻ってきた俺たち。

「ただいま～」

「「「「おかえりなさい、領主様ぁ！」」」」

ちょうどダンジョンでの探索を終えたばかりなのか、大勢の屈強な冒険者たちが俺たちを出迎えてくれた。

……ていうか、人数が増えている気がする。

アスコサ経由でやってきたフルズさんを慕う冒険者か、あるいはここの評判を聞いて集まってくれたのか、いずれにせよ、人が増えるのはいいことだ。フルズさんがいる限り、おかしな人が増える心配もなさそうだし。

「旅はどうでしたか、領主殿」

「とてもよかったですよ。おかげでリフレッシュできました」

「それは何より。――ところで、そちらの女性は？」

「ああ、紹介しますね」

冒険者たちの熱意に押され気味で一瞬忘れていた。彼らにも、カナンさんのことを伝えておかないと。

「彼女は見習いの考古学者で、カナンさんというんだ」

「考古学者というと……例の遺跡の？」

「うん。もしかしたら、この土地の歴史について何か分かるんじゃないかなと思って」

俺の祖父であるアダム・カルーゾも、きっとそれを知りたかったはず。まあ、俺自身も知りたいって気持ちがあるにはあるけど。

――って、あれ？

「カナンさん？」

なぜかずっと沈黙しているカナンさん。

どうかしたのかな、と思ったら、

「な、なんだか、情報の処理が追いつかなくて……」

彼女曰く、まず遭遇したのがムッキムキで怖い顔をした大勢の冒険者たちで、しかも彼らが俺のことを「領主様」と呼んでいたことで、いよいよ俺が本当に領主であることが分かっていろんな感情が渦巻いていたらしい。

とりあえず気持ちを落ち着かせてから、改めて自己紹介を行う。

「よ、よろしくお願いします！」

「おうよ！」

「歓迎するぜ！」

「何かあったら、なんでもあたしたちに相談してね」

冒険者たちは新しい領民となるカナンさんを歓迎してくれた。中には女性もいるし、きっと力になってくれるだろう。

「そういうわけなので、みなさんには遺跡への案内をお願いしたいんです」

「もちろん、喜んで」

フルズさんからも了承を得たし、早速ダンジョンへ——と、思ったが、すでに辺りは夕陽でオレンジに色に染まりつつある。それに、フルズさんたちは俺たちが帰ってくる頃に合わせておかえり宴会を開こうといろいろ用意してくれていたみたいだ。

今日のところは、不在時に起きたことの報告を聞くことにして、遺跡の本格調査は明日からにしよう。カナンさんの歓迎会にもなるしね。


その日の夜はおおいに盛り上がった。

「姉ちゃん、イケるクチだねぇ！」

「お酒は好きなんですよ～」

「そいつは頼もしい！　うまいつまみもあるぞ！」

「いただきます！」

初顔合わせの際は、冒険者たちが放つ独特のいかついオーラに押されていたカナンさん。しかし、実は大のお酒好きという共通点が見つかり、それをきっかけにしてすっかり溶け込んでいた。

ここで活動する冒険者たちは、あのフルズさんが統括しているのだ。風貌こそめちゃくちゃ怖いって人が多いけど、中身は優しくて楽しい人たちばかり。俺はまだお酒が飲めない年齢なので絡めないけど、きっと時間を忘れて騒げるんだろうなって思う。

それにしても……人が多くなったよなぁ。

思えば、ここに来た頃は俺とシルヴィアとテスラさん、それにフルズさんとエイーダの五人だけだった。

それが今や百人以上。

冒険者が増えると、それに合わせて店を開きたいって人も増え続けていた。

「どうしたんだ、ロイス。長旅で疲れたか？」

少し離れた位置でみんなの賑わいを見ていたら、シルヴィアがすぐ横に腰を下ろしてそう尋ねる。

「そういうわけじゃないよ。この宴会の様子を見ていると、ここも人が増えたなぁって感じちゃってね」

「そうだな。ここへ来た当初は本当に寂しい場所だったからなぁ……」

しみじみとこれまでの出来事を思い返すシルヴィア。

このまま発展し続けられるよう、領主として頑張らないとな。

宴会から一夜が明け、俺たちは朝から遺跡を目指して準備を進める。
今回のメンバーはダンジョン内にある場所ということで、いつもより多めだ。
俺とシルヴィア、そしてカナンさん。護衛役のダイールさんとレオニーさんに、案内役を務めるフルズさんと数名の冒険者たち。さらには荷物運搬係兼非常時の戦闘要員にもなるマックで、総勢十人プラス一頭の大所帯パーティーだ。

ちなみに、他の遺跡と区別するため、ここで発見されたものは「ガンティア遺跡」という仮称をつけることにした。

そのガンティア遺跡は、最初に発見されてからまだ詳しく調査がなされていない。

というわけで、今回が初の試みということになる。

「わ、私……ダンジョンって初めてなんですけど、モンスターとか出るんですよね？」

「安心してください。俺たちが全力で守りますから」

カナンさんが不安視しているように、ここも他の地方にあるダンジョンの例に漏れることなく普通にモンスターは出現する。

だけど、これだけのメンツが揃っていたら、よほどのモンスターでなければ苦戦はしないだろう。山猫の獣人族の村近くに現れた怪鳥でさえ倒せたんだからな。

警戒をしながらダンジョンを進んでいくが、とうとう一匹も出会うことなく遺跡へとたどり着いた。

「す、凄い!?」

カナンさんの第一声は驚きのものだった。

「こ、これほどの遺跡が、今まで誰にも見つからずに眠っていたなんて……」

「そんなに珍しいんですか？」

「大きい遺跡ほど発見されやすいんですが……どうして見つからなかったんでしょうか」

言われてみれば……ちょっと不自然か？

祖父のアダム・カルーゾは、この辺り一帯を調査していたはず。この場所に気がつかなかったとは思えない。テレイザさんの屋敷からコピーして持ち帰った資料の中にも、ここに言及したものは見つかっていない。

だとしたら……発見はしたけどあえて記録に残さなかったとか？

「しかし、こうして間近で見ると……迫力があるな」

「シ、シルヴィア様、あまり不用意に近づかない方が！」

ゆっくりと遺跡へ近づいていくシルヴィアを慌てて追いかけるレオニーさん。他の冒険者たちは、ガンティア遺跡の放つ異様な気配に困惑していた。

確かに……妙な気配を感じる。

言葉にはしづらいが、本能が足を踏み入れることを拒んでいるような感覚と言えばいいだろうか。明確な理由がないのにためらいを覚える――不思議だ。

「どうしますか、領主殿」

ダイールさんに尋ねられ、俺は即答できずにいた。

この気配の正体はなんなのか……それを探るためにも、遺跡の中へ入る必要があるだろう。ダンジョンにはこれからも多くの冒険者が挑むからな。不可解な場所が残っていては、何か起こるかもしれない。

「行きましょう。この遺跡の謎を解明しないと」

「よし！　そうと決まったら乗り込むぞ！　野郎ども！　周辺の警戒を怠るな！」

俺が遺跡への調査へ乗りだすことを明言すると、フルズさんが冒険者たちを奮い立たせるように叫ぶ。

それに合わせて、冒険者たちも「うおおおおっ！」と雄叫びをあげた。

「みんなの気合は十分のようだな、ロイス」

「あ、あぁ、まるで敵の城へ乗り込む前みたいだな」

あれだけ気合を入れてくれたら、モンスターも怖気づいてそう簡単に手出しはできないだろう。本能に身を任せて襲ってくるってタイプもいるけど、これだけの実力者が揃っていれば返り討ちにできるはず。

頼もしい仲間たちに支えられながら、一歩ずつ遺跡へと足を踏み入れる。

さあ……何が出てくるかな。

ここまで来ると光源が何もないため、照明魔法を使って周囲を明るくしていく。

「本格的に調査をしていくなら、明かりを確保しなければいけないが……」

シルヴィアの言う通りだ。

発掘作業なんかは手元が見えないとうまくいかないものな。

常に照明魔法で照らし続けるというわけにもいかないし。

「上のダンジョンに発光石がたくさんあったから、それをこっちに運び、照明として利用してみるか」

「なるほど！　その手があったか！」

ポンと手を叩き、感心したように言うシルヴィアだけど……なんだか今日はいつもよりちょっとテンション高めかな？　もしかしたら、口に出していないだけでこうした遺跡巡りなどが好きなのかもしれない。

シルヴィアの新たな一面を知りつつ、さらに進んで行く。

やがて遺跡の端っこへたどり着いた——と、

「この遺跡……フォンタス遺跡ほどではないようですが、かなり大きな都市だったというのは推察できますね」

まだすべてを見終わったわけではないが、すでにカナンさんの脳内にはいくつかの仮説が浮かんでいるようだ。

「やはり都市遺跡……ですか」

「えぇ。でも、ちょっと気になるところがあるんです」

「気になるところ、というと？」

俺をはじめ、シルヴィアやフルズさんたち冒険者も特にこれといっておかしな点には気がつかなかった。しかし、専門的な知識を持つカナンさんからすると、少し違和感のある場所があるという。

その彼女が指さしたのは、ここからさらに奥へと続く道だった。

「都市部分はここまでのようですが、まだ道自体は続いているんです」

「あっ、確かに……」

俺たちがいるのは遺跡の端っこ。

人々が生活していたと思われる痕跡があるのはここまでだ。

――だが、道はまだ続いている。

これが示す事実はただひとつ。

「道の先に……何かあるのか？」

「恐らく……」

シルヴィアの問いかけに、カナンさんは静かに答えた。

ダンジョンの中にある不思議な都市遺跡。

思えば、それだけでもかなり不可解な存在であると言えるが……これだけ大規模な生活拠点があるのに、歴史的にその記録が何もないというのは気がかりだ。

「もしかしたら、ここはなんらかの理由で国を追われた者たちが隠れ住んでいた場所かもしれませんな」

今度はダイールさんがそんな仮説を口にする。

「そ、そんなことが……」

「かつて執事をしていた頃に、とある国で実際にそのような町の存在が確認されたことがありましてね」

「実は私もその線で考えていました。——ただ、それにしては町の規模が大きすぎると思いますし、そもそもなぜ危険の多いダンジョンに構えたのか気になります」

「追われている身だとしたら、ダンジョン内につくるという選択肢もあるんじゃないでしょうか。幸い、ここら辺はモンスターの出現率も低いですし」

「ここに住んでいた人たちがそのことを知っていたら……その仮説もありですね」

……どうやら、それらの謎を解明するためにも、この続いている道の先に行ってみる必要がありそうだ。

改めて俺は遺跡の端からさらに奥へと延びる道へと視線を向ける。

この先に進めば、遺跡の謎に触れられるかもしれない――が、同時に危険が待ち構えている可能性も十分考慮できた。

「もしかしたら、この先に強いモンスターが潜んでいるかもしれません。気を引き締めていきましょう」

俺がみんなにそう声をかけると、「おう！」という力強い言葉が返ってきた。本当に、頼りになる人たちだよ。

「…………」

一方、カナンさんは固まっていた。

……しまった。

怖がらせてしまったかな。

そう思っていたら、急に彼女の口角がニッと上がった。さらに危険な状況になるかもしれないというのに、彼女は笑ってみせたのだ。

「いいですね、こういうの」

「えっ？」

「こんな風に、遺跡を調査していくのが私の幼い頃からの夢だったので……それが叶って本当に嬉しいです。ありがとうございます、ロイス様」

「い、いや、それなら何よりです。てっきり、俺は怖くなってしまったのかと心配していました」

「怖い？　遺跡調査に危険は付き物ですよ。……まあ、確かに最初は初めてのダンジョンということで雰囲気に呑まれていたというのはありますけど、今は少しでも早く真実に近づきたいという気持ちが勝っています」

　力強く語るカナンさん。

　よかった。

　俺の考えとは逆に、カナンさんはその胸に宿る探求心を燃やしていた。鍛えあげられた戦闘力で道を切り拓いていく冒険者たちとは質の違う頼もしさが彼女にはあった。

　カナンさんに声をかけて本当によかったよ。

「思う存分、調査に勤しんでください」

「はい！」

　とてもいい笑顔で、カナンさんは返事をくれた。

　さて、気合も入ったところで調査を始めるか。

　俺たちは周囲への警戒を続けつつ、都市遺跡の外へと延びる道を進んで行く。

「特にこれといった変わった箇所はなさそうだが……」

照明魔法だけでなく、発光石を埋め込んだランプでも辺りを照らしていくが、目立った異変は特にない。だが、こうして外まで道が延びているのには必ず訳があるはずだ。

と、その時、突如シルヴィアが叫ぶ。

「っ！　い、今、水の音がしなかったか？」

「水の音？」

「あ、ああ、こう……チャプンっていうような……まるで湖面に石を投げ込んで波紋ができた時のような……」

水……か。

天井から水滴が落ちたのか？　それにしてはチャプンという音が立つという説明にはならない。

だとしたら――

「あっ！　ロ、ロイス様！　あそこ！」

先頭グループにいたカナンさんが、前方を指さす。そちらへランプの光を向けると、シルヴィアの聞いた音の正体が判明した。

「あれは……地底湖か！」

遺跡の端から続く道は、この巨大な地底湖が終着点だった。

「な、なんて大きさだ……」
「こんな巨大な地底湖が眠っていたなんて……」
「それにしても、なんだか不気味だな」
冒険者たちは次々と地底湖を目の当たりにした感想を述べていった。その中で、俺は不気味とい
う印象に激しく同意する。薄暗くて全体像が掴み切れないということもあってとても気味の悪い印
象を受けるのだ。
大きさもさることながら、深さもかなりありそうだ。
こちらの手元にある脆弱な光では、この地底湖の全容を映しだすことは叶わないため、そうした
詳しい情報は分からないままだが、とにかく調査には慎重さが必要だろう。
とりあえず、まずは目に見える範囲で調査をしていこうと歩きだした直後、俺は湖の中心部分に
ある物を発見し、たまらず「あっ！」と驚きの声を上げた。
俺の声に反応し、みんなの視線も湖の中心部へと集まり、俺と同じようなリアクションをとって
いる。
「ロ、ロイス……あれ？」
「神殿……か？」
先ほどまでの都市遺跡とは明らかに構造の違う建造物がそこにあった。

パッと見の印象から、たまらず神殿だと口走ったが……実際は何を目的にして建てられたものなのか、皆目見当もつかない。

「カナンさんは何か知っていますか？」

「も、申し訳ありませんが、まったくもって分かりません。これまで大陸中のいろんな古代遺跡を見て回りましたが、初めて見る建築様式です」

専門家であるカナンさんでさえ初見だと言う謎の神殿っぽい建物。

これはますます調査が必要になってくるな。

……ただ、俺はなんとなく感じていた。

あの神殿には――「何か」がいる、と。

俺たちにとってプラスとなる存在か、それともマイナスになる存在か――まったく読めないが、とにかく「何か」が待ち構えているという確信に近い予感が込み上げてくる。

「あそこへ続く道は……」

「手分けして探すぞ！」

カナンさんがそう言うと、フルズさんは他の冒険者たちを集めて神殿へ続く道がないか周辺の調査を開始した――が、どこにも見つからず。

「陸路であの神殿にたどり着くのは難しそうですな」

ダイールさんがため息をつきながら語ったように、神殿内に足を踏み入れるにはどうしてもこの地底湖を越えていかなければならないっぽい。

となると、移動手段はひとつしかないな。

「船を使って、この地底湖を渡るしかないのか……」

陸地から渡る方法がない以上、もう残された道はそれしかない。

だが、船を作ろうにも資材はどこにもない。

「仕方ない……ここは一度引き返しましょう」

「残念ですが、それしかなさそうですね」

悔しそうなカナンさんだが、このままここにいても解決しないというのは理解しているらしく、納得してくれた。

だが、当然あきらめたわけじゃない。あくまでも戦略的撤退である。今後の方針を話し合うために、都市遺跡まで引き返すだけだ。船の手配が整えば、すぐにでも神殿を目指して再出発するつもりでいる。

――と、その時、

「っ!?」

都市遺跡へ引き返そうと、地底湖に背を向けた瞬間……何か、視線のようなものを感じた俺は勢いよく振り返る。

「ど、どうしたんだ、ロイス」

そんな俺の様子を心配して、シルヴィアが声をかけてくれる。

俺の気のせいだろうか……。なかなか足を踏み入れない空間だったから、過敏に反応してしまうのかな。

余計な心配をかけないよう、シルヴィアには「なんでもない」とだけ告げて、一緒に都市遺跡へと向かった。


都市遺跡まで戻ると、まずはテントの設営から始める。

どのみち、しばらく寝泊まりをしていろいろと調査する必要があるから、地底湖の存在に関係なくこうする予定だったのだ。

モンスターが寄ってこないように結界魔法を仕掛け終わると、一番大きなテントに一部メンバーを集め、これまでに発覚している課題についてまとめた。

まず、フルズさんから周囲の薄暗さが指摘され、遺跡周りにランプを設置して、明かりを確保することが挙げられた。これに関しては、発光石を大量に用意する必要があるため、明日にも転移魔法陣を使ってムデル族の集落近くのダンジョンへ向かおうと思う。

また、長期的な滞在を視野に入れるため、食料や生活用品の確保も必要だろうとカナンさんから意見が出る。彼女には俺やシルヴィアらがいなくなった後でこの場を仕切ってもらう予定でいるため、要望には可能な限り応えたいと考えている。

最後に、地底湖の攻略について。

これに関しては、改めて木彫りの船を作ることが提案された。

とはいえ、問題はあの地底湖に何も潜んでいないのか――という点だ。

フルズさんの話では、あのように地底湖のあるダンジョンは決して珍しいというわけではなく、これまで何度か目撃しているのだという。厄介なのは、それら地底湖には水棲のモンスターが必ずと言っていいほど潜んでいるって情報だ。

「迂闊に船を出すと、丸飲みにされる可能性もある」

というフルズさんからの忠告を受け、しばらく様子を見ることとなった。

ひと通り動きが決まった後で、

「そのムデル族という方々に会わせてもらうのは可能でしょうか……」

カナンさんが恐る恐る尋ねてきた。

「それは大丈夫ですよ」

「あ、ありがとうございます！」

「ムデル族について、何か気になることがあるんですか？」

「古くからこの山に住んでいるというムデル族の方々でしたら、もしかすると遺跡に関する情報を知っているのではないか、と」

なるほど。

ちょうど彼らに牧場の運営が順調に進んでいるという報告をしたいと思っていたんだよな。それと一緒に、情報収集もしてこよう。

「というわけで、発光石の調達は俺たちが行います」

「でしたら、船の用意と湖の監視は我らが受け持ちましょう」

フルズさんは厚い胸板をドンと拳で叩きながら言う。

ホント、頼りになる人だ。

諸々まとまったところで本日の調査はこれにて終了。

翌朝からそれぞれ動きだすことと、あとはアダム村の中にカナンさんが暮らすための住居を用意しないと。

「何から何まで本当にありがとうございます、ロイス様」

改めて、カナンさんは俺に礼を述べると深々と頭を下げる。

「気にしないでください。この遺跡の存在は俺も前々から気になっていたんです」

「ご期待に添えるよう、頑張ります！」

鼻息も荒く、カナンさんは決意を口にした。

さて……あの神殿だが……何か、変なものが封印されていなければいいのだけど。

さっきの気配といい、ちょっと気になるな。


その夜、俺はひとりで考え込んでいた。

ガンティア遺跡の奥で発見された地底湖と神殿。

都市遺跡以上に謎が多いこの場所には、何か得体の知れないモノが潜んでいる気がする——

が、それはあくまでも俺の直感。ただならぬ気配や、視線を感じたりもしたが、そこに何があるのか……その正体に迫れるヒントはなく、不明のままだった。

「うーん……」

俺がこれまでの結果を振り返っていると、コーヒーの入ったカップを持ったシルヴィアがやってくる。

「ほら、ロイスの分だ」

「ありがとう。……なんていうか、あの神殿のことが気になって」

「随分と難しい顔をしていたが、何かあったのか？」

「あっ、バレた？」

「当然だ。これでも婚約者だからな」

胸を張って答えるシルヴィア。

……彼女にはどんな嘘も通じそうにないな。まあ、最初から嘘なんてつく気はないんだけどね。

「さっき神殿のある地底湖からこちらへ戻ろうとした時、妙な気配を感じたんだ」

「⁉　ロイスもか⁉」

俺の言葉を受けたシルヴィアは、目を見開いて驚いていた。

「シルヴィアも感じたのか？」

「あ、ああ……でも、他の誰も反応していないみたいだったから、てっきり私の思い過ごしなのかと……」

「そうだったのか。実を言うと、最初は俺もそう思ったんだ。――けど、あの神殿には何かあるはずだ」

それがどうしても気になった。

もしかしたら、霊峰ガンティアの歴史が紐解かれるかもしれない。

好奇心を刺激されっぱなしだが、調査自体は今すぐにというわけにはいかなかった。もう居ても立ってても居られない。自分でもビックリするくらい興奮しているというのに。

「早く本格的な調査ができるように、発光石をたくさん持ってこないとな」

「あっ、そ、そうだな」

だが、気持ちばかりが焦って、発光石のことをすっかり忘れていた。

あそこは陽の光も入らないし、ランプの灯りがなければ正しく前に進むこともできないときている。発光石でランプを大量生産し、あちこちに設置して光源を確保することが先決だ。

「あー、早く明日にならないかなぁ」

「ふふふ、ロイスらしいな」

これからのことに思いを馳せていると、今日はなかなか寝付けそうにないな。

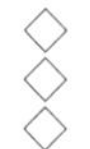

翌朝。

ダンジョンで迎える初めての朝はなんとも新鮮な気分だった。

何せ、朝日も何もあったものじゃないから、そもそも本当に今が朝なのかさえハッキリとしない。

そういう意味ではちょっと不安になる目覚めだった。

ともかく体を起こしてテントから出ると、すでにフルズさんやダイールさんが朝食を作っていた。

「おはようございます、領主殿。朝食はパンとスープ、それからハムとチーズがありますよ」

フルズさんの渡してくれた木製のお皿にはおいしそうな料理がズラリと並んでいる。

そこで目に留まったのがチーズだった。

「ひょっとして、このチーズって……」

「気づかれましたか。そちらはベントレーから差し入れてもらった紅蓮牛のチーズです」

「やっぱり！」

アダム村でともに暮らすこととなった紅蓮牛たちのミルクから作られたチーズをいただけるとは……これは朝からテンションが上がるな。

朝食と身支度を終えると、フルズさんを見張り役として遺跡に残し、俺とシルヴィア、そして護衛係のダイールさんにレオニーさんの合計四人で一度ダンジョンをあとにする。

それからすぐに発光石を入手するため転移魔法陣を通ってムデル族の集落を訪れる。そこにはフルズさんの奥さんであり、魔鉱石の加工職人であるジャーミウさんの姿もあった。

「あら？　領主様？　今日はどういったご用件？」

「実は、発光石をいただきたくて」

「発光石？　――ああ、例の遺跡調査で必要なのね」

フルズさんに聞いたのか、ジャーミウさんは俺たちが遺跡調査に乗りだしていることを知っていた。

おかげで、話はスムーズに展開した。

ジャーミウさんはこちらで生活している工房から、すでに加工を終えた発光石を持ってきてくれた。

「それにしても遺跡なんて……とんでもない大発見ね」

「歴史的な価値はまだ調査中なので、なんとも言えませんよ」

「そうなの？　こういうのってお宝とかがザクザク出てきたりするんじゃないの？」

「だといいんですけどねぇ」

現段階ではその手の話題は一切出てきていないからなぁ。まだまだ調査不足っていうのはあるんだろうけど、あの都市遺跡にお宝が眠っている雰囲気は感じられなかった。

あるとすれば、やはりあの神殿の中かな。

「詳しい話はまた村に戻った際に聞くとして……発光石の数はそれで足りるかしら？」

「問題ないです。ありがとうございました」

「これくらいお安い御用よ」

ジャーミウさんは大量の発光石を用意してくれた。

それから、俺たちはハミードさんの家に向かう――と、そこには珍しい人が。

「あれ？　ディランさん？」

「うん？　ロイスか」

「おはようございます！」

ハミードさんの家にいたのは山猫の獣人族たちを束ねるディランさんと妹のコルミナであった。

「どうしてここに？　転移魔法陣を使ったんですか？」

「いや、俺たちはここまで自力で登ってきたんだ」

「自力で⁉」

「そ、それだとかなり時間がかかっただろう？」

シルヴィアが慌てた様子で尋ねるも、ふたりは平然と「全然」とあっさり答えた。

「半日くらいじゃねぇか？」

「そこまで大変じゃなかったかなぁ」

さすがは山猫の獣人族だ。

思い出されるのはあの大怪鳥との壮絶な死闘……俺たちだけでは苦戦を強いられていただろうが、身体能力の高いディランさんの活躍があって倒せたんだよな。種族としての能力を考慮したら、ムデル族の集落までやってくるのにそれほどの苦労はかからないかもしれないな。

「俺たちはムデル族とお互いの集落で採れる品を交換しに来たんだ」

「うちからは山菜を出して、ムデル族からはリュマの毛皮やジャーミウさんの加工した魔鉱石をもらっているんです」

「よい取引ができて私たちとしても助かっていますよ」

お互いジェロム地方で暮らす者同士であるが、住んでいる場所の標高はまるで違うし、文化も異なる。そんな両者がこうして上手に関係性を構築している現場に出くわすと、領主として嬉しくなってくるよ。

「おまえたちはここで何をしているんだ？」

「新しい家畜探しでも？」

「そうだった！」

俺たちはハミードさんと偶然居合わせたディランさんやコルミナにもダンジョン内で見つかった遺跡についての話をする。

「ふーん……遺跡ねぇ」

ディランさんはまったく興味なしって反応だった。

まあ、これは予想通りと言える。

ハミードさんはというと、腕を組んで何やら思案中。

「何か心当たりがありますか？」

「……すまない。遺跡にまつわる話は聞いたことがないな」

申し訳なさそうに謝るハミードさんだが、これは想定のうち。気にしないでくださいと告げて、俺たちはその場を去った。

「ムデル族とは関係のない人たちが造った遺跡か……」

「恐らく、もっと古くからこの地に住む者たちが建造したのでしょう」

「まさに古代人の遺産ってわけか……」

「個人的には興味深い代物ですな」

ダイールさんも、さらに謎が深まった遺跡について関心が高まっているようだ。

とりあえず、ダンジョン内を明るく照らせる発光石は調達できたので、あとはフルズさんたちが用意してくれている船が完成すれば、あの神殿へ調査に行けるぞ。

転移魔法陣を使用して麓まで戻ってくると、すぐにフルズさんのもとへ足を運んで進捗状況を確認する。

しかし、こちらはさすがにすぐ用意するというわけにはいかなかった。

木材を手に入れ、加工し、アダム村の近くにある川で耐水テストも行うので最短でも二日はかかるという。

可能な限り安全面への配慮は怠りたくはないというフルズさんの意見を尊重し、船づくりは一任する。

その間、俺たちは発光石を埋め込んだランプづくりに着手。

カナンさんにも連絡して、今は体力を温存しておいてもらわないと。

次の日。

ガンティア遺跡調査の準備は着々と進められていったが、次第にその関心は俺たちだけでなく周辺のダンジョンに潜る冒険者たちにまで広まっていた。

「遺跡かぁ……」

「遥か昔の住居跡とか、ロマンを感じるよな！」

「とんでもないお宝が眠っている予感がするぜ……」

さらに、冒険者以外にも広がりを見せていた。

「ほぉ、それは興味深いですね」

「私も一度この目で見たいです！」

村医であるマクシムさんや、書店を営むユリアーネも遺跡に興味を持ったようだ。

日に日に高まっていく調査への期待だが、俺たちは焦ることなく準備を万全のものとしていくために動いていた。

最大の不安——というより、不気味さがあるのは地底湖に浮かぶ謎の神殿。

その中には……恐らく、俺たちの想像を絶する「何か」が眠っているような気がしてならなかった。妙な気配を感じているし、あそこを調査するためには入念に準備をしていく必要がありそうだ。

遺跡調査の責任者に就任したカナンさんも、それは重々承知しているようだ。

「遺跡内にトラップがあるという前例も少なくはありませんし、警戒をしすぎるということはないと思います」

その言葉が示す通り、カナンさんは慎重に物事を進めていった。明かりさえ確保できれば泳いで渡れないこともないが、地底湖に何が潜んでいるか分からない以上、それは危険な行為であると冒険者たちに言って聞かせる。


——そして、最初の調査から三日が経過した頃。

ついにフルズさんから遺跡調査メンバー全員を運べるだけの船が完成したという連絡が入った。

「では……そろそろ神殿調査へと乗りだしましょうか」

これですべての準備は整った。

不測の事態を想定し、考えられる限りの装備を詰め込んで、俺たちは遺跡へと向かうことになる。

しかし、距離が近いとはいえ、かなりの重装備になったため移動はしづらくなっていた——こんな時はやっぱり、彼を頼るしかないだろう。

「マック、また君の力を借りるよ」

「メェ～」

この地方へやってきた時からの付き合い——言ってみれば、最古参であり、ともに苦楽を乗り越えてきた愛羊のマックを今回も連れていくことにした。

「いつ見ても本当に大きな羊ですね……」

「その分、パワーもスピードも戦闘力も、他の動物より格段に優れているよ」

「メェッ！」

自慢のパワーをカナンさんへ披露するように、大きな角の生えた頭を左右に振るマック。あのダンジョンに出るレベルのモンスターくらいなら、一撃で葬り去ることができるだろう。本当に強い味方だよ。

こうして、俺たちは改めて神殿調査のために地底湖を目指すのだった。

再調査当日。

まずは完成した船を積み重ね、車輪付きの荷台に固定。それをマックご自慢のパワーで目的地まで運ぶ。

地底湖周辺にたどり着くと、積荷の船を下ろし、流されないようロープで岸辺に打ち込んだ杭へとつなぎ、固定してから地底湖へと浮かべていった。

「いい感じだな。さすがはフルズさん、いい仕事をしてくれる」

船は水漏れもせず、安定していた。

「領主殿、例の気配とやらは？」

「……今のところ、それらしいものは感じませんね」

地底湖の先にたたずむ、不気味なオーラに包まれた神殿を眺めている俺に、ダイールさんがそう声をかける。以前、地底湖で感じた妙な気配のことを話しておいたのだ。

いよいよあの神殿内部へと足を踏み入れるわけだが……果たして何が潜んでいるのか。もしかしたら、ジェロム地方の今後を大きく左右するとんでもない大発見があるかもしれない。

緊張した面持ちで待機していると、冒険者たちが「船の準備はすべて整いました」と報告してくれた。

「行きましょう、ロイス様」

「そうですね。――では、順番に船へと乗り込んでください」

俺が指示を出すと、みんな一斉に行動へと移る。ちなみに、ここまで運搬係として大活躍してくれたマックはサイズ的に連れていけないので岸辺で待機することとなった。

「メェ～……」

「心配するなよ。必ず無事に帰ってくるさ」

不安そうに鳴くマックの頭を撫でながら、俺は地底湖を眺める。

何もかもが未知なる領域。

ここから先は、何百年単位で人が足を踏み入れていない場所となる。

現れるのは獰猛（どうもう）なモンスターか？

それとも、目が眩（くら）みそうなほどの財宝か。

あるいは――特に何もないのか。

渦巻く多くの謎を解明するため、俺たちはフルズさん率いる冒険者たちが森で伐採した木を使って作った合計四隻の船で移動を開始する。

船は複数人が乗っても沈むことなく、順調に進んでいく。

――ただ、やはりなんとも言えない薄気味悪さは拭えなかった。

「不気味だな……」

思わず本音が漏れる。明かりのない夜の海とか湖って、言葉にはできない気味の悪さがあるんだよなぁ。

「いやぁ……なんというか、不気味っすねぇ」

俺とシルヴィアの乗る船をオールで漕ぐのは、冒険者のミゲルさん。一応、ダンジョンから持ち帰った発光石を埋め込んだランプがあるから、何も見えないほど暗いというわけではない――が、それでも視界が狭いというのは事実だ。

「周囲への警戒を怠らないようにしていきましょう」

「そうですね」

フルズさんは俺からの忠告を受けて、他の冒険者たちにもそれを伝える。

俺たちが船の準備をしている間、この地底湖を冒険者たちが交代で見張っていたが、モンスターが出現したという報告は受けていなかった。まあ、だからといって安全が保証されているわけじゃないので、警戒をするに越したことはない。

湖面に大きな波を立てているので、それにつられた水棲モンスターが浮上してくる可能性も十分あった。

それにこの地底湖……水深も分からないんだよな。薄暗い上に落ちたらどうなるか見当もつかないときている。何事もなく進んでもらいたいと切に願っているのだが――やはりというべきか、そう簡単に事態は運ばなかった。

「っ！　ロ、ロイス！」

同じ船に乗るシルヴィアが、急に俺の袖を引っ張る。

「ど、どうした？」

「い、今……何かが水中にいたぞ。しかもかなり大きい！」

「えっ!?」

珍しく怯えた様子のシルヴィア。恐らく、ここが水上だからだろう。地上であれば、山猫の獣人族とともに戦ったあの巨大怪鳥との一戦のように勇ましく立ち向かうはずだ。

だが、船の上ではそういうわけにもいかない。

もし誤って地底湖に落ちてしまったら、戦うどころではなくなるからだ。

「領主様！　どうしますか!?」

「先手を打ちますか!?」

声を荒らげながら指示を仰ぐ冒険者たち。経験豊富とはいえ、このような事態は初めてなのだろう。ここで一番怖いのは焦るあまり判断を誤ることだ。

「慌てないでください。まだ、様子を見ましょう」

みんなを動揺させないよう努めて冷静な口調で伝える。

下手に刺激をしなければ、このままスルーしてくれるかもしれない。怒らせるより、やり過ごせるならそのままにしておきたかった。

やがて、その姿は俺たちの目にもハッキリと見えた。

「いたぞ！」

「な、なんてデカさだ⁉」

「あの怪鳥に匹敵するぞ……」

落ち着きを取り戻し始めていた冒険者たちであったが、次第に船の上で騒ぎ始める。

あまりモンスターを刺激しないよう、フルズさんがみんなをなだめているが……正直、ざわつきたくもなるよな。それほど、俺たちの足元を悠々と泳ぐ「それ」は巨体だったのだ。

「くっ……」

シルヴィアは剣を抜こうとするが、柄に手を添えるだけで抜きはしなかった。警戒はするが攻撃は加えないという意志表示だろう。

本音を代弁すれば、攻撃をしようにもできないという方が正しいか。

モンスターが潜んでいるのは薄暗い地底湖。水中では著しく動きが悪くなるため、簡単には手が出せないのだ。

このような緊張状態がしばらく続き、やがてある事実に気づく。

「……襲ってこない？」

先ほどからチラチラと巨大な魚影が湖面に出現するのだが、俺たちの乗る船を攻撃してくる気配は微塵もない。向こうも困惑しているのだろうか。俺たちの乗る船の周りをグルグルと泳いでいるだけで何もしてこない。明らかにこちらを意識しているのだろうが……どうしたらいいのか迷っているのか？

「どういうことだ……？」

「油断しちゃダメだぞ、シルヴィア」

「あ、ああ」

モンスターは何もしてこない――だが、逆にそれが俺たちの動きを封じ込めていた。このままでは埒が明かないので、少し仕掛けてみる。

「よし……ゆっくりと船を神殿へ近づけてみましょう」

「っ！　だ、大丈夫でしょうか……」

同じ船に乗るレオニーさんが不安げに尋ねてきた。とはいえ、彼女も膠着状態から抜けだすためには何かアクションを取るべきという考えを持っているようで、最終的には俺の判断に納得してくれた。

「お願いします」

「は、はい」

同乗している冒険者たちがオールを漕いで前進開始。フルズさんやカナンさんたちが見守る中、ゆっくりと神殿へと近づいていく。

その間も常に巨大魚型モンスターの動きをチェック。

——今は襲ってくる気配はない。

いつこちらへ飛びかかってくるのかまったく予想できない緊張感が漂う中、それでも船は進み続け、とうとう神殿は目前に迫っていた。

「も、もうちょっとで着くぞ」

モンスターに気取（けど）られないよう、シルヴィアが小声で呟く。

そして——とうとう船の先端が神殿へと触れる。

すると、巨大魚は湖の底へと姿を消した。

まるで俺たちが神殿へ到着するのを見届けたから、役目を終えて去っていったようなタイミングだ。

「な、なんだったんだ……」

不思議なモンスターだったが——ともあれ、無事に神殿に到着。

安堵したのも束の間、次なる不安が胸を覆う。

地底湖にモンスターが出現したということは……この神殿にもモンスターが潜んでいる可能性は十分考えられた。

そもそも、俺やシルヴィアはこの神殿から強烈な気配を感じ取っている。それがモンスターであったかは定かでないが、明らかに常軌を逸した何かがこの神殿の中で俺たちが来るのを待っている気がしてならないのだ。

「地上なら遠慮する必要はないな」

船を降りて神殿へと足を踏み入れた瞬間、シルヴィアは剣を抜いて臨戦態勢を取る。

周囲の安全を確認してから、俺は船で湖上に待機しているフルズさんたちへ合図を送る。よくよく考えたら、立場的に俺が率先して未知なる地へ進んでいくのは安全上よろしくはないのだろうけど、いざとなったら無属性魔法とシルヴィアの剣術でなんとかなるし、それも今さらかなって思う。

気を取り直して、全メンバーが揃ったのを確認し、船が流されないようロープで結んでおいてから改めて神殿へと向き直る。

巨大怪魚の脅威は消え去ったが、まだまだ不安要素は尽きない。

むしろ、ここからが本番と言って差し支えないくらいだ。

「今のところ……特に怪しい気配は感じませんね」

「できれば最後までこのままでいてもらいたいものですな」

先行するレオニーさんとダイールさんは、少し安堵した様子だった。神殿内では未だにモンスターの姿は確認されていないが、もしここが連中の縄張りだった場合、足を踏み入れた瞬間に襲いかかってくるなんてケースも想定できたからな。

それがないってことは、そういった意識のないモンスターが住み着いているか、あるいはそもそもモンスターなどいないのか。……後者であることを切に願うばかりだよ。

襲撃の脅威はさておいて、神殿の評価をすると――

「も、物凄いオーラだな……」

改めて、神殿が放つ独特の雰囲気にあてられて足が止まる。

その形状から、俺たちは勝手に神殿と呼んでいるが……そもそもここは何を目的として造られたのだろうか。都市遺跡を見る限り、ここに住んでいた人たちの建築技術はかなり高度なものだと推察され、この建物に用いられている技術もとんでもなく高い。きっと、完成にはかなりの時間がかかっただろう。

それほどまでの労力を費やしてまで、なぜこの神殿を建設したのか。

その謎を解明したいところではあるが……なかなか一歩目が踏みだせないでいた。

すると、すぐ隣から声がした。

「素晴らしい……」

声の主は俺以上に感動しているカナンさんだった。

フォンタス遺跡では残念ながら発掘メンバーに入れなかったカナンさんだが、このガンティア遺跡ではリーダーとして携わっている。そんな彼女は、目の前の光景をジッと見つめながら打ち震えていた。

「ここが……名もなき神殿……」

上陸したはじめこそ怯えていたように映ったカナンさんだったが、一歩踏み込み、景色に変化が起きたことであっという間に負の感情は好奇心で塗りつぶされた。

そして、彼女の勇気ある一歩は、俺たちの心も震わせる。

「……負けてはいられないな」

「ああ！　行こう、ロイス！」

「おう！」

「我らも領主殿たちに続くぞ！」

「「「「おおーっ！」」」」

俺とシルヴィア、そしてフルズさん率いる冒険者たちも、勇気あるカナンさんのあとを追って神殿の奥へと進んでいく。俺たちだけじゃなく、屈強な冒険者たちの気持ちさえ変えられるカナンさんは、やっぱり凄い人だな。

　彼女に触発されたおかげか、すでに遺跡に対しての恐怖心はほとんどなく、冷静な気持ちで周囲を探索できた。

　相変わらず薄暗くて視界が狭まるため、非常用にと持ってきておいた発光石入りのランプを各所に置いていく。おかげで明るくなり調べやすくなったよ。

　それによって改めて浮き彫りとなったのは、この遺跡を建設する上で用いられた高い技術力であった。

「本当に凄い技術力だな……どうやって身につけたんだろう」

　全体的な構造も凄いのだが、神殿のあちこちにある彫刻もクオリティが高い。よほど名のある職人が手掛けたのだろうか。そもそも歴史的な価値も含めたら、ひとつだけでもとんでもない額になるんじゃないか……？

　そんなことを考えているうちに、俺たちの中で神殿に対する恐怖心は希薄なものとなっていった。だからといって警戒心がおろそかになることはない。ここにいる誰もが、「安心した瞬間がもっとも危険」ということを知っているからだ。

　さらに奥へと進んでいく俺たちだが、まったく終わりが見えてこない。想像以上に奥行きのある神殿らしかった。

さらに俺たちを驚かせる発見がカナンさんからもたらされる。

「っ！　ロイス様、これを見てください！」

何かを発見したらしいカナンさんが大慌てで俺の名を呼ぶ。

どうしたのかと駆け寄ると、そこには――

「これって……階段？」

そこには、地下へと延びる階段があった。

「この神殿には地下があったようですな」

「い、今まで以上に薄暗いですよ……？」

さすがのダイールさんもレオニーさんも、地下の存在には驚きを隠せず、また進んで下へ行こうとはしなかった。

……でも、ここで引き下がるわけにはいかない。

この遺跡の謎を解き明かすためには、むしろここからが勝負だとさえ俺は感じていた。

どこまで続いているのかまったく分からない謎の階段。真っ暗闇の先に一体何が待ち受けているのか。

きっと、この神殿の正体にグッと近づけると、俺は感じていた。

どうやらそれは俺だけじゃないようで、カナンさんの表情もこれまで以上に引き締まっていた。

「地下へと続く階段の先には、きっとこれまで誰も見たことがないような光景が広がっているのだと思います」

そんな彼女のひと言が、再び調査団に火をつけた。

「ここまで来て引き下がれねぇよな！」

「おうよ！」

「最後まで付き合うぜ！」

「俺だってこの遺跡の謎が気になって仕方がないんだ！」

冒険者たちはすっかりこの遺跡の魅力にハマっていた。これまで考古学という分野に縁のなかった人たちだけど、今ではすっかり歴史的ロマンを求める探究者の顔つきとなっている。

覚悟も決まったところで、俺たちは階段へと近づき、一歩ずつ下りていく。

先頭を進むのは冒険者に護衛騎士のダイールさんを加えた五人だが――ここである異常が発覚する。

「うおっ⁉」

一番前を進む冒険者が驚いたような声を上げる。それから大声で後ろから迫る俺たちへ注意喚起をした。

「気をつけろ！　ここから先は水浸しだぞ！」

「み、水浸し？」

　どうやら、遺跡の地下は浸水しているようだ。恐らく、あの地底湖の水がどこかから入り込んでいるのだろう。念のため、彼の腰に船を括りつける際に余ったロープを巻いて、それを他の冒険者たちがしっかり握ることで溺れないよう対策を講じておく。

「進めそうですか？」

「深さを確認してみますね」

「気をつけてください」

　全員が固唾を呑んで見守る中、先頭の冒険者は慎重にゆっくりと水へ足を突っ込む。

「お？　ここまでか……思ったよりも深くはありません。もうちょっとだけ進んでみます」

「気をつけてください。さっきの巨大魚のこともありますし」

　神殿へ向かう途中、地底湖で俺たちのあとをついてきたあの巨大魚型モンスターがここで姿を見せても不思議じゃない。というか、水浸しになっている原因が地底湖から流れ込む水だとするなら、ここはヤツの住処なのかもしれない。

　そんな心配をしつつ、全員の視線はさらに奥へと進む冒険者へと注がれていた。上の階以上に薄暗くて先が見えないため、彼は状況を説明しながらランプの灯りを頼りに一歩ずつ前進していく。

　その間、周りの状況を逐一報告してくれた。

「深さに変化はありません。あっ、先の方に何かあります。あれは……祭壇のようですね」

「祭壇……？」

神殿に祭壇、か。

不気味さに拍車がかかったな。

「まさか……生贄（いけにえ）を捧げていたなんてことは……」

「可能性としては――ゼロではないですね」

カナンさんは静かに告げる。

その手の話は古くから伝わっている。中には邪教の風習なんてものもあったな。ここがそれに該当するかはまだ情報不足で判断できないが、可能性のひとつとして頭には入れておくべきだろう。

もしかして、その生贄は……あの巨大魚に捧げるためのものだったのか？

俺たちを襲わなかったのも、黙っていれば祭壇に供えられると知っていたから？

だとしたら、この場に長居するのはまずいのではないか？

「ここは……俺たちが足を踏み入れてはいけない場所だったのかも……」

思わずそんなことを口走った、まさにその時であった。

「うわっ!?」

突然、神殿内で大きな横揺れが発生。

「な、なんだ⁉　地震⁉」

「いえ、それとは少し違う気がします。それよりも今は調査中の冒険者さんをこちらへ呼び戻さないと」

こんな時でも冷静なカナンさんは、水浸しの地下空間を調査している冒険者にこちらへと避難するよう声をかけた。

直後、横揺れは収まったのだが、同時に冒険者が叫んだ。

「領主様！　祭壇の先に広い空間があります！」

「えっ⁉」

祭壇の奥には、また別の部屋が存在しているらしい。おまけに、こっちはかなり大きな部屋のようだ。

「進んでみます！」

「ま、待ってください！　無理をしないで、一度こちらへ戻ってきてください！」

さっきの横揺れの原因も気になるし、今は無理をする時ではない。すぐにこちらへ戻ってくるよう伝え、向こうもそれを了承して一歩踏み出した――と、

「ぬおっ⁉」

冒険者の男性が突如消える。

もっと言えば、水中へ引きずり込まれたように映った。

「な、なんだ⁉」

「どうやらあの場所から急に深くなっているみたいだ！」

シルヴィアの見立て通り、冒険者の男性が消えたのは突然深くなったことで足元をさらわれたことが原因だったようだ。突然の事態に軽くパニックを起こしているようなので、すぐに救出しようとロープを引っ張るが——そこへ迫る巨大な影が。

「っ！　さっきの巨大魚か⁉」

水中を泳ぐ巨大な魚影が、急激に深くなっている場所に足を取られて溺れる冒険者に狙いを定めて急接近する。先ほど地底湖で目撃した巨大魚型モンスターと同じ個体だろうか。

「これが狙いだったのか！」

ここまで誘い込めば逃げ場がないと知っていて、わざと俺たちを泳がせていたのか？

なんて賢いモンスターだ……って、そんなことよりも助けないと！

「すぐに行きます！」

俺はなんとか彼を助けようと走りだす。

——ダメだ。

このままでは間に合わない。

無属性魔法を使用するにしても、何をどう使えばいいのか考えがまとまらずにうまく魔力を練ることができずにいた。こちらがモタモタしている間に、巨大魚の影が冒険者へと近づいていき――

次の瞬間、水面に高々と水柱が立ちのぼる。

「あっ⁉」

思わず立ち止まり、手で顔を覆う。

間に合わなかった。

その絶望で、たまらず顔が引きつった。

――ところが、

「あ、あれ？」

気がつくと、俺たちのすぐ近くに先ほどまで溺れかけていた冒険者の姿があった。本人も襲われたと勘違いして体を丸めて強張ったままになっている。

「えっ？　ど、どうして……」

てっきり、あの巨大魚が丸飲みしてしまったのだと思っていた。

「もしかして……助けてくれたのか？」

確認をしようにも、すでに巨大魚型モンスターの影はどこにもなかった。どうやら、本当に彼を助けてくれただけらしい。これにはその場にいた誰もが予想を裏切られ、しばらくポカンと口が半開き状態となったまま固まっていた。

「て、敵意を持ったモンスターではなかったということでしょうか？」

「だとしたら、こちらへ渡ってくる時にこちらの船の周りを泳いでいたことが気にかかりますな」

ようやくレオニーさんとダイールさんが声を出して状況を分析する。

ふたりの意見は俺とまったく同じものだった。

むしろこうは考えられないだろうか。

「もしかしたら……あの巨大魚は、俺たちに警告をしていたんじゃないかな」

「警告ですか？」

「うん。この神殿に眠る『何か』の存在を知らせようとしていた、とか？」

そう告げると、全員が言葉を詰まらせる。この先に待ち構えている存在は、俺たちの想像を遥かに超越したものであるかもしれないのだ。

「……どうする、ロイス」

不安そうに尋ねてきたのはシルヴィアだった。

このまま進むのは危険かもしれない。

ただ、領主として、本当に危険な存在が眠っているとするなら、きちんと対処していく必要があるとも考えていた。仮に、凶悪なモンスターが潜んでいるとするなら、俺たちの手で仕留める。それでも無理そうなら、王国へ騎士団の派遣を要請しなくてはならないだろう。

いずれにせよ、前進する以外に答えはなかった。

「進むよ。ジェロム地方で暮らす人々が安心して日々を過ごすためには、このままにしておけないからね」

決意を口にすると、ワッと歓声が上がる。

「それでこそ領主様だ！」

「あなたについていきますぜ！」

「こうなったらトコトンやってやりましょう！」

沈み切っていた士気が急上昇し、冒険者たちは次々と地下の水路へ乗り込む。安全面に配慮しつつ、声をかけ合いながら一歩ずつ前進し、やがて俺たちの番が回ってきた。まずは俺とフルズさんが水の中へ足を入れる。

「そ、想像以上に水が冷たいですね」

おまけに薄暗くて不気味な雰囲気が漂っている。さすがにここではあちこちにランプを設置できないため、光で照らされる範囲もかなり狭まっていた。とにかく慎重に進みながらも、次に水へ入るシルヴィアを安心させるため振り返る。

「シルヴィア、慌てずゆっくりこっちへ来るんだ」

「わ、分かった」

「足元に気をつけて」

「問題な――きゃっ！」

「おっと」

危うく転倒しそうになったシルヴィアを抱きとめる。

「大丈夫か？」

「あ、ああ……ありがとう、ロイス」

「ここから先は危険だから、手をつないでいこうか」

「っ！　そ、それはいいアイディアだな！」

俺の提案に乗っかったシルヴィアは、早速力強く手を握る。……指まで絡める必要はないと思うけど、それを指摘するのは野暮ってものだ。

「いやいや、ジェロム地方の未来は明るいですな」

「その明かりを絶やさないためにも、この神殿の秘密を解き明かさないといけませんね」

ダイールさんとフルズさんが、俺たちの背後で何やら話し合っている。

なんだかふたりとも父親みたいな目をしていたな。

……けど、正直、悪い気はしなかった。

本物の父親とはこのジェロム地方に移り住んでから一度も顔を合わせていない。向こうからすれば優秀なビシェル兄さんとキャロライン姉さんの評判を下げてしまうかもしれない俺という厄介払いができて満足だろうから、わざわざここまで足を運ぶ必要なんてないのだろうけどね。

ただ、母上とはテレイザさんを通して交流を持つことができた。

もともと、俺はボロ屋敷で暮らす前から母上と顔を合わせるのは年に数回ほどしかなかったのだ。本人やテレイザさんの話を聞く限り、父上の命令で屋敷に閉じ込められているような状態が続いていたらしい。

フルズさんやダイールさんをあんな父親と比べるのはふたりに対して失礼だな。比較するまでもなく、ずっといい人たちだし。

「ロイス？　何かあったのか？」

父親との過去に意識が持っていかれてしまい、俺の足は水路の真ん中で止まっていた。シルヴィアに声をかけられてハッと我に返ったが……危ない。油断をしてはならない場所でこのような失態は二度としてはいけないと自分を戒めつつ、「水が冷たくてたまらず足が止まっただけだよ」と返しておく。

気を取り直し、足元に注意を払いながら俺たちはなんとか水浸しとなっているエリアを抜けだし、その先にある広い空間へとたどり着いた。

「あれが例の祭壇か……」

そこで目にしたのは、先行した冒険者が発見した祭壇。派手な装飾が施されているが……一体、いつの時代に作られ、どんな意味があるのだろう。専門家なら、何か心当たりがあるかもしれないと思い、カナンさんへ尋ねてみる。

「カナンさん……これって、いつ頃に造られたとか分かります？」

「……ごめんなさい。このような形式の物は見たことがありません」

目を伏せ、申し訳なさそうに答えるカナンさん。彼女ですら知らない謎の祭壇……もしかして、世に知られていない、この地方で栄えた文明なのか？

「しかし、このただならぬ雰囲気……とんでもない財宝が眠っていそうな雰囲気ですな」

「確かに……ひょっとしたら、国家の財政に大きな影響を及ぼしかねないレベルのお宝かもしれませんね」

フルズさんとレオニーさんが冗談っぽくそんなことを言う。――いや、あながち的外れな意見というわけではなさそうだ。

「周辺を少し調べてみましょうか」

「それがよさそうですな」

フルズさんは同行しているすべての冒険者たちを集め、トラップに注意するよう告げてから方々へと散っていった。

俺たちもそれに続こうと思うのだが……どうしても、俺は祭壇の存在が気になり、近づいていく。

「神秘的というか、不思議な感覚がするんだよなぁ」

辺りを見回しつつ、祭壇に手を触れながら呟く。

その場所自体、何か意味があるとしか思えないオーラに満ちている。

岩を削って作られた彫刻が左右に並び、中央にはそれらに挟まれる形で大きな石板が立っていた。

近づいてみて分かったのだが、そこには何やら文字が書かれている。現在使用されているものとは明らかに異なるものだ。

象形文字の類だろうか。

人や動物を模した絵も随所に確認できる。

「これは……」

俺とシルヴィアを追うようにやってきたカナンさんも、この文字に関心を持ったようだ。

「解読はできますか？」

「いえ……このような言葉は見たことがありません……やはり、ここに住んでいた人たちはこれまでに発見された例のない、独自の文明を築いていたようです」

興奮しているのか、カナンさんの声は震えていた。さらに彼女はこう続ける。

「もしかしたら、これは歴史の謎を紐解く世紀の大発見になるかもしれません」

「ま、まさか……」

「過去の大発見も、最初は『まさか』から始まっているケースが多いんですよ。これまでに何度も定説はひっくり返されていますし、このガンティア遺跡もその例に当てはまる存在かもしれません」

ジェロム地方に眠る古代文明が世紀の大発見、か。

それだけ聞くとかなりロマン溢れる展開だが……逆に言うと、ちょっとした不気味さのようなものを感じていた。

ここへ来る道中にもあった都市遺跡や、ここの祭壇などを見る限り、かなり高度な技術を持った人たちが暮らしていたはず。それなのに、なぜ彼らは滅んだのか。——いや、あるいはこの土地を捨てて、別の場所へ移り住んだのかもしれない。

ただ、それを証明するものはどこにも見当たらない。

それこそ、この石碑に書かれた文字を解読していけば、隠されたメッセージが出てくるのかもしれないが……一からの解読となると、相当な時間がかかりそうだ。

「しかし、この神殿と都市遺跡を含めるとかなり規模は大きくなります。調べていくにしても相当な時間がかかるかと」

「その点については心配していません。どれだけ時間がかかってもいいので、ぜひ納得いくまで調査してください」

「ロ、ロイス様……分かりました。わたくしカナン・ウィドール――必ずやロイス様のご期待に添えるよう、遺跡調査に邁進してまいります！」

清々(すがすが)しい表情で高らかに宣言するカナンさん。

いろいろと吹っ切れてくれたみたいで俺も嬉しいよ。

「これからもよろしくお願いします、カナンさん」

「はい！」

こうして、正式に遺跡調査団のリーダーとして団長に就任したカナンさんは、今後の調査方針を知らせるために冒険者たちを集めて回った。今回の一件で遺跡をはじめとするいわゆる歴史ロマンに目覚めた人も多いようなので、きっと調査団への参加者は増えるだろう。

ただ、カナンさんが言ったように、調査に要する時間はかなり長くなりそうだ。何せまったく新しい文明の可能性もあるからな。

絶対にいないだろうけど、生き証人でもいれば話は変わってくるんだけどなぁ……と、その時だった。

「グウゥウゥウ……」

突然、唸り声のようなものが響き渡る。

一気に緊張が走り、フルズさんやダイールさんたちが俺たちのもとへと集まってきた。

「領主殿……今の音は……」

「モンスターの唸り声に聞こえましたけど……」

「ここまで静かすぎていましたからね。——ついに現れたか」

フルズさんは集まった冒険者たちに目配せをする。

直後、彼らは一斉に武器を取りだして、無言のまま周囲への警戒を強めた。

先ほどの巨大魚の例もある。

巨大魚は俺たちを助けてくれたけど……この唸り声の主も同じように友好的とは限らないからな。

あの時、船の周りを泳いでいたのも、もしかしたらこの神殿に眠る強大なモンスターから俺たちを遠ざけようとしていたからかもしれない。

いずれにせよ、正体を把握するまで引き下がるわけにはいかなかった。

巨大魚の件が解決し、ひと息つけたと思ったら、すぐさま次の脅威が迫っている——ある意味、ダンジョンの醍醐味みたいなものだが、あの唸り声を耳にするとそう呑気には構えていられない。

巨大なモンスターが潜んでいて、俺たちがここへ足を踏み入れたことがきっかけで目覚めてしまったという最悪のシナリオが脳裏をよぎった。

山猫の獣人族を襲っていた巨大怪鳥のケースもあるし、仮に領民へ危害を加える可能性があるのなら早急に対応しなくてはいけない。

周囲への警戒を強めつつ、さらに進んで行くと――先ほどよりもさらに広い空間へと出た。

「気をつけてください、領主殿。何かトラップがある可能性もありますので」

思わず駆けだしそうになったところをフルズさんが制止する。

「ここは私が見てきましょう」

「お供しますよ、フルズ殿」

「私も行きますよ」

「頼みます」

フルズさんとダイールさん、レオニーさん、それに数人の冒険者たちが集まって、広い空間へとゆっくり足を踏み入れる――が、

「っ⁉」

先頭を行くフルズさんの表情が一変。

ダイールさんや他の冒険者たちの顔も一気に青ざめていった。

そうして、誰も声を出さないように手で口を押さえている――ということは、視線の先には気づかれてはいけない存在がいるってわけだ。

すなわち……めちゃくちゃおっかないモンスターってことか。

俺もそのモンスターの正体をこの目で確かめたくて、恐る恐る前に出る。そして、フルズさんとダイールさんの屈強な肉体の間からこっそり視線を向ける。

そこには、俺の予想を遥かに超える存在がいた。

「なっ!? ド、ドラゴン!?」

広い空間の中に、巨大なドラゴンが体を丸めていた。

目を閉じて寝息を立てているところを見ると、寝ているのか……じゃあ、さっきの唸り声ってもしかして、ただのいびき?

「ど、どうする、ロイス」

同じくドラゴンの存在を認識したシルヴィアが尋ねてくる。

まさかこんな大物が潜んでいようとは、さすがにこれは想定の範囲外。強いモンスターがいたら戦うつもりだったが、ドラゴンとなれば話は別。もはやそういうレベルじゃない。

今のメンバーでは太刀打ちできないかもしれないぞ。一般的にドラゴン退治といえば相当な軍事力を投入しなければ不可能だからな。

「まさか、ドラゴンが眠っていたとは……領主殿、先代はこのドラゴンのことについて何か記録を残していないですか？」

フルズさんの言葉を受け、俺は記憶を呼び起こす。

だが、どんなに遡(さかのぼ)ってもそのような記述を目にしてはいなかった。

「……祖父の記録には、どこにもドラゴンのことは書かれていませんでした」

とはいっても、まだすべてを読み終えたわけじゃない。

ただ、重要な資料から順に見ているから……「ダンジョンの奥に巨大なドラゴンが眠っている」なんて超重要情報を見逃すことはないはずだ。もしかしたら、意図的に情報を隠していた、とか？

もうひとつ考えられる可能性は、このドラゴンは祖父が亡くなってからここジェロム地方の遺跡内へ居着いたということ。

……いや、それもおかしい。

そもそも、これほどの巨体がどうやってこの遺跡に？

むしろドラゴンが居着いてから遺跡が建設されたって感じさえする。

あらゆる方向から次々と湧き出してくる謎の数々。

それらをどうやって明かしていくのか……悩みは尽きないな。

――と、その時、

「りょ、領主殿、ドラゴンが目を覚ましました」

フルズさんが小声で教えてくれた。

視線を向けると、それまで地面についていたドラゴンの頭が持ち上げられ、辺りをキョロキョロと見回している。そして、

「うん？　人間の匂いがするな」

渋い声で、そう呟いた。

それを聞いた俺たちは、

「「「「ドラゴンが喋った!?」」」」

思わず叫んでしまうのだった。

全員が揃って口を手で押さえるものの、すでに遅い。ドラゴンはこちらの存在に気づいてゆっくりと顔を向ける。

そこで初めてドラゴンの表情を間近で見たのだが……とても優しげな眼差しをしていた。恐怖どころか安心感さえ覚えてしまうほど穏やかなのだ。

「おっと、ひとりかふたりかと思いきや、かなりの数がいたな。これは迷い込んできたというよりも調査をしに来たという方が正しいか」

ドラゴンは俺たちを見下ろしながら、全身をまとう雰囲気に合うなんとものんびりした口調で話す。こうして本物のドラゴンを目の当たりにするのは初めての経験だが……思い描いていたドラゴン像とはだいぶかけ離れているな。

本来ならば、その鋭い爪牙でズタズタにされてもおかしくはないのに……なぜだろう。そうした恐怖は感じない。むしろその眼差しからは優しさがうかがえた。

——そこで、俺は気づく。

このドラゴン……ボロボロだ。

羽はボロボロで、とても飛べるとは思えないし、鱗もところどころ剥がれている。あのゆっくりした話し方も合わせて、俺が導きだした答えは、

「かなり年配のドラゴンみたいだ……」

他の生物に比べて寿命が長いドラゴン。

その中でも、かなり老いているというか……老竜とでも呼べばいいのかな。

ともかく、年老いたドラゴンであるのは間違いなさそうだ。

目覚めたドラゴンはしばらく俺たちを見つめていたが、

「む？」

俺と目が合った瞬間、動きが止まった。

そして——衝撃のひと言を放つ。

「アダム……か？」

「えっ？」

ドラゴンが口にしたアダムという名前——それは、俺の祖父の名前である。やはり、祖父のアダム・カルーゾは、ここへ来ていたのだ。

となると、やはりあの大量の資料の中にはドラゴンに関する記述があるというのか。それともなんらかの理由で隠しておきたかったのか。幸い、ドラゴンに敵対心はなさそうなので、いろいろと尋ねてみるとしよう。

「ふぅむ……アダムに似てはいるが、若すぎるな。身内の者か？」

「俺はそのアダム・カルーゾの孫です」

「ぬ？　アダムの孫？　言われてみれば面影があるな。……そうか。君があのアダムの」

祖父アダム・カルーゾとの思い出を懐かしんでいるのか、ドラゴンは目を細めた。

こうした言動からも、やはり俺たちへ危害を加えようという気はないらしい。

「それで、君たちはどうしてここへ？」

「お、俺は新しくこのジェロム地方の領主となったので、この辺りをいろいろと調べていたんです」

「ほぉ……無駄に高い山と無駄に深い森しかないこの地を治めようという奇特な人間がいるとはなぁ。アダムもそれに近いことをしていたが、どうやら血筋は争えんようだ。もっとも、孫の方がよっぽど骨がありそうだが」

ドラゴンは持ち上げていた首を下げて、目線を俺たちに合わせる。まるで迷子になって怯えている幼子をあやす大人のような態度だった。

「ほっほっほっ、そう身構えなくていい。君たちを取って食おうなどとは微塵も思ってはいない。――ただ、できればワシはこの場にとどまりたいのだ」

「ここへ……ですか？」

俺が不思議そうに尋ねると、ドラゴンはボロボロになった羽を少しだけ動かした。

「御覧の通り、もはや自力で飛ぶことさえ叶わなくてな。かといってここを破壊して出ていく力も残されてはおらん。なので、許可してもらえないだろうか」

「それは問題ありません」

俺は即答する。

最初、みんな驚いたような反応を見せたが、徐々に本気で敵意がないことを悟り、反対意見は出てこなかった。

「ただ、この辺りの遺跡を調べさせてほしいんです」

「遺跡？　構わんよ。それなら好きに調べたらいい。彼らについてはワシも昔世話になったからな」

「そうなんですか？」

それってつまり……あの都市遺跡の秘密を解く生き証人――いや、生きドラゴンってことになるのか。

「はあ～……」

気がつくと、カナンさんの表情がキラキラ輝いていた。どうやら、彼女の好奇心も臨界点を突破しそうだ。

というわけで、俺たちは神殿のドラゴンから許可を得て、この遺跡の本格的な調査を行うことにした。カナンさんをはじめ、冒険者たちは遺跡調査のために必要なアイテムやテントなどを設置するため、一度神殿から撤退。俺とシルヴィア、そしてフルズさんに護衛役のダイールさんとレオニーさんの五人はその場に残って、もう少しドラゴンから話を聞くことにしたのだった。

「あなたはいつからここに？」

「生まれた時から……だから、具体的に何年という数字までは分からんな」

「でも、あそこにある遺跡に人が住んでいた頃にはここにいたんですよね？」

「そうだな」

俺とシルヴィアからの質問に、ドラゴンは詰まることなくスラスラと答えていく。恐らく、何ひとつ嘘はないのだろう。

続いて、祖父アダム・カルーゾとの関係について尋ねようとしたのだが、その際、ある疑問が浮かび上がる。

「あの」

「何かな？」

「あなたの名前を教えてほしいんです」

「名前？」

ドラゴンはカクンと首を傾げた。

その反応を見る限り、名前を持ってはいないようだ。

「生まれてからずっとここに住んでいたからなぁ……それに、あの町に住んでいた者たちはワシを恐れてあまり近づいてはこなかったから、ワシは言葉を知らなかった」

「えっ？　そうだったんですか？」

じゃあ、さっきの祭壇って……もしかしたら、このドラゴンの怒りを鎮めるみたいな役割を果たしていたのかな。

「話ができるようになったのはいつ頃ですか？」

「割と最近だな」

「となると、あの遺跡に人が住んでいた頃は――」

「ああ、彼らがあそこに住んでいた時は話せなかったよ」

なるほどね。

でも、一体何がきっかけで話せるようになったんだ？

「ワシに言葉を教えてくれたのはアダム――君のおじいさんだよ」

「えっ？　祖父が……？」

ドラゴンに言葉を教えるって……本当に規格外の人だな。でも、そのおかげで今こうしてしっかりとした意思疎通ができている。もし、それができていなかったら、あの都市遺跡に住んでいた人たちと同じような反応をしていたかもしれない。

そういう意味でも、祖父には感謝しないとな。

「祖父とは親しかったんですか？」

「ああ。彼はよくここへ来て、いろんな話をしたよ。ワシを見ても一切物怖じせず、まるで同じ人間を相手にするような態度で接してくれた」

目を細めて思い出を語るドラゴン。

本当に……穏やかで優しげで、ドラゴンには思えないな。

「ところで、彼は今どうしている？」

「あっ……」

その質問に、俺はすぐさま答えることができなかった。逆に言うと、「何も答えない」という行為はある意味で雄弁に祖父の現状を物語っていると言えた。

「……そうか。残念だよ。彼と楽しく話していたのはつい昨日のことのように思えるが……ドラゴンと人間とでは寿命が違いすぎるからな。まあ、ワシも近いうちにそっちへ行くことになると思うが」

自虐気味に言って笑うドラゴン。

そんな姿を見ているうちに俺は――

「……あの」

「うん？」

「あなたに名前をつけたいのですが……」

ドラゴンにそう提案した。

「名前？　ワシに名前をくれるのか？」

拒絶されるかもしれないと思ったが、ドラゴンは意外と乗り気だった。

まあ、ずっとドラゴン呼びというのもなんだか他人行儀――というとちょっと違うのかな。ともかく、これから仲良くなっていこうとしている割には素っ気ない感じがするので、親しみを込めてという意味も含め、名前を決めることにしたのだ。

「何か、リクエストとかありますか？」

「いや、君が決めてくれるのならどんな名前でも構わない」

「分かりました。考えてきます」

こうして、俺はドラゴンの名前を決めるという大役を任されたのだった。

話の分かるドラゴンと一旦別れて、俺たちは麓のアダム村へと戻ってきた。

それから、遺跡調査の結果を楽しみに待っていたユリアーネや村医のマクシムさんたちを集めて経過報告を村の真ん中で行う。

特に大きな反響を集めたのは、やはり遺跡に住むドラゴンのことであった。

「まさかドラゴンがいたとは……」

「だ、大丈夫なんですか!?」

難しい表情を浮かべて思案するマクシムさんと不安だらけな様子のユリアーネだが、俺が神殿でのやりとりを交えつつ危険性はゼロに等しいと告げた途端、集まった全員から安堵のため息が漏れた。

ただ、改めてドラゴンという存在が人々にどれだけ畏怖され、恐怖の対象として恐れられているのかがよく理解できるリアクションだった。

こうなってくると、ドラゴンの存在を公表すべきか悩むところだ。

現段階ではうまくコミュニケーションが取れているし、何より俺の祖父であるアダム・カルーゾと親しく、このジェロム地方に関するまだ知り得ていない情報も握っているような感じがした。

しかし、もし王国の騎士団や魔法兵団がこの事態を聞きつけると、ドラゴンの討伐に乗りだしてくる恐れもある。

そのため、もうしばらくは存在を隠しておくと決めた。大体、あんな風に言葉を交わして意思の疎通が図れるドラゴンなんてこれまでに聞いたことがないので、どれが正しい対処法かなんて分からないし。

今は自分の直感を信じて、もう少しあのドラゴンと交流をしてみようと思う。


その日の夜。

「うーん……安請け合いをしてしまったかもなぁ……」

俺は自室で頭を抱えていた。

——あれから、カナンさんやフルズさんは調査に必要な準備をするため、遺跡にとどまることとなった。

ダンジョンに残っているカナンさんは参考資料としてユリアーネの書店にある関連書物を購入したいという要望があったので、明日俺たちでそれを届ける予定だ。

意外にも、ユリアーネは遺跡に関心があるらしく、カナンさんからの調査協力に快く応じてくれた。「ロマンがありますよねぇ」と言いながら瞳を輝かせているところを見ると、カナンさんと意気投合して盛り上がれそうな感じがする。

一方、俺の悩みの種だが……それはもちろん、あの老いたドラゴンの名づけについてであった。アイディアとしてはいいと思ったのだが……まさかこんなにも頭を悩ませるなんて思っていなかったな。

「あまり悩みすぎるのはよくないぞ」

「分かっているけど……」

ベッドに腰かけたシルヴィアが、クスクスと笑いながらも心配そうに言う。ちなみに、最近になって、俺たちは一緒の寝室で寝るようになった。ただし、ベッドは別々のままである。

たまにテスラさんが悪意ある――いや、この場合は善意と言った方がいいのかな？　あるいは余計なお世話とも言えるけど……いずれにせよ、枕をひとつのベッドの上にふたつ置いたり、ベッドの間が妙に狭かったりといろいろ仕掛けていた。

俺たちには俺たちのペースがあるんだからとため息をつきながらも、俺は頭を振ってそれまでの思考をかき消し、名前決めに再度集中する。

「あまり変な名前をつけるわけにもいかないしなぁ……」

「ロイスが一生懸命考えた名前なら、あのドラゴンも気に入ってくれるんじゃないか？」

「だといいけど」

これぱっかりはなんとも言えない。

だが、提案した以上は全力で名前を考える。

あの時のドラゴンの反応――少し嬉しそうに見えたんだよな。もしかしたら、祖父アダム・カルーゾと関わりができた頃から、それを望んでいたのかもしれない。

「ふふふ」

悪戦苦闘する俺の耳に入ってくる優しげな笑い声。

もちろん、シルヴィアのものだ。

「な、何？」

「いや、ドラゴンの名づけにそこまで必死になっている姿を見ていると――自分の子どもができた時は大変そうだなと思って」

笑いながら、シルヴィアはそんなことを言う。

自分の子ども。

それってつまり……シルヴィアとの子か。

「シルヴィア……」

「うん？　——あ」

そこで、シルヴィアは気づいてしまった。

俺の視線が、自然と彼女の腹部に向いていることを。

「ち、違うぞ！　私に子どもができたとか、そういうのじゃないからな！」

「あっ、そ、そうだよな」

慌てて目をそらす。

まあ、そりゃそうだよな。子どもができるようなことはまだしていないわけだし……最近はその辺のこともちょっと意識するようにはなったけど。

それについては、俺たちのペースでいいんじゃないかな、と思う。

——って、それよりも今は名前だ。

気合を入れ直して頭を捻るが、どうしてもよぎってしまう先ほどのシルヴィアの発言。

結局、この日はなかなか集中できず、名づけは翌日に持ち越すこととなった。

次の日の朝。

「で、できた……これでいこう」

フラフラになりながらも、ドラゴンの名前が決定した。

あれから何度も案を出しては却下を繰り返し、百二十六度目のアイディアでようやく納得のいく名前が浮かんだ。

窓の外には朝霧が見え、鳥たちが鳴き始めている。

夢中になるあまり、徹夜をしてしまったのだと気づいたのはそれらが理由だった。

ふと視線を横へずらすと、ベッドではシルヴィアが静かに寝息を立てている。たぶん、俺に付き合ってくれていたのだろう。

「ありがとう、シルヴィア」

桃色をした長い髪を撫でると、彼女の体がピクッと動いてゆっくりと瞼が開いていく。どうやら起こしてしまったらしい。

「ロイス……？」

「あっ、ごめん。起こしちゃったね」

「いや、私の方こそ……最後まで付き合うつもりだったが、先に寝てしまったようだな」

「気にしなくていいよ。君が一緒にいてくれたおかげもあって、名前はバッチリ決まったからね」

「それはよかった――って、ロイスは寝ていないのか!?」

ここで俺が徹夜をしていたと勘づいたシルヴィア。

眠気はあるものの、それ以外は特に問題もないので朝食など支度を終えたらダンジョンに行こうと思っていると告げると、彼女は静かに首を横へと振った。

「事情は私からみんなに伝えておくから、ロイスはしっかり休んで体調を整えるんだ」

「へ、平気だって――」

「ダ、メ、だ」

珍しく強引なシルヴィア。

それだけ俺を心配してくれているのだろう。

ここはお言葉に甘えて睡眠をとり、ダンジョンへ向かうのは午後からにするとしよう。

シルヴィアのおかげでバッチリ睡眠時間を確保でき、お昼時にはスッキリとした気分で目覚めることができた。

「おはようございます、ロイス様」

「もうお昼ですけどね」

階段を下りると、テスラさんとエイーダが昼食の準備をしていた。俺の場合はブランチってヤツになるのかな……ちょっと違うか。

朝食兼昼食をいただいてから、俺とシルヴィア、そしてマックはダイールさん、レオニーさんと合流して遺跡へと向かう。一度たどり着いている分、今回は気持ちに余裕を持ってダンジョンを訪れることができた。

だからといって油断しないよう、周囲への警戒は怠らない。一度うまくいったからといって二度目も同じようになるとは限らないからだ。その辺は元某貴族の執事から冒険者となった異色の経歴を持つダイールさんも当然承知しているみたいで、険しい表情のまま先頭を切ってダンジョンを進んでいく。

やがて、俺たちは地底湖のほとりまでやってきた。

そこではすでに現場の責任者としてテキパキと仕事をこなすカナンさんの姿が。

「こんにちは、カナンさん」

「ロイス様！」

声をかけ、笑顔で駆け寄ってくるカナンさんに依頼された本を渡す。それを嬉しそうに抱きしめていた。

「こちらへいらっしゃったということは、ドラゴンさんの名前が決まったんですね？」

「ええ。今日はそれを伝えに来ました」

「でしたらすぐに船の用意をしますね」

カナンさんが冒険者たちに指示を出し、すぐさま神殿へ渡る準備が始まった。その間、彼女から調査の進捗状況について説明を受ける。

とは言うものの、正式に調査が始まって一日しか経っていないのでまだ報告するほどの発見はない。代わりに、今後この神殿を調査する上で必要な案を提示してもらった。

まずはなんといっても神殿までの経路だろう。

今は船を用意してもらっているが、できるなら最短距離で届く橋がほしいところ。ただ、例の巨大魚型モンスターが悠々と泳いでいる様子を見る限り、水深はかなりありそうなので作業は困難を極めそうだ。

この件は村へと持ち帰り、職人のデルガドさんへ相談してみよう。

経路と言えば、神殿からドラゴンのいる祭壇の間をつなぐあの水浸しの道もなんとかしなくちゃいけない。通るたびにビショビショになっていては面倒だろうし。

あそこはかなり狭いので、水を抜かない限り正常な道を確保するのは難しいだろうな。いっそ近くに水車でも作って汲み上げるという手もあるな。これもデルガドさんへの相談案件になりそうだ。

あと、もうひとつ気になることが。

「そういえば、あれから巨大魚型モンスターはどうなりました？」

「おっと、その報告も忘れていましたね」

カナンさんはそう言うと、湖へ向かってパチンと指を鳴らす。

何をしているのか尋ねようとしたら、湖面がブクブクと膨れ上がっていき、そこからあの巨大魚型モンスターが顔を出した。

「手懐けに成功しました」

「「「えぇっ⁉」」」

これには俺だけじゃなく、シルヴィア、ダイールさん、レオニーさんも驚愕する。

もともとこちらを襲う気配はなかったが、まるでペットのようにカナンさんの言うことを聞いているのだ。

「とても可愛らしくて、今後は調査にも協力してもらおうと思うんです」

相手は自分よりも遥かに巨体のモンスターだが、カナンさんに物怖じした様子は一切見られない。

意外と肝が据わっているんだよなぁ、この人は。

巨大魚型モンスターに害がないことがハッキリとしたところで、俺たちは例の水路を抜けて祭壇の間を通り越し、今日も大人しく巨体を横たえているドラゴンのもとへ。

「また来てくれたのか、ロイス」

目を細めて俺の名を呼ぶその姿は、孫を見守る好々爺って感じがした。生前の祖父と仲が良かったみたいだし、もし生きていたらこんな風に話せていたのかなと思ってしまう。

祖父の件はまた今度ゆっくり聞くとして、今は考えてきた案を伝えなくては。

「今日はあなたの名前を発表しに来ました」

「それは嬉しいな。是非聞かせてくれ」

まだシルヴィアたちにも教えていないドラゴンの名前。

俺は深呼吸を挟んでから、真っすぐにドラゴンを見つめて言い放つ。

「あなたの名前は――ワーウィックです」

「ワーウィック……いいじゃないか。今後はその名前で呼んでもらいたいな」

ドラゴンは俺の考えたワーウィックという名前を気に入ってくれたようだ。

喜んでくれていたし、何より「名前」という唯一のモノを手に入れたという特別感があるとドラゴン――いや、ワーウィックは語ってくれた。

ワーウィックという名前が決まっただけで、なんというか親近感が湧いてくる。あとから合流した、カナンさん率いる調査団のメンバーも、ワーウィックの名前を呼びながら親しげに会話を楽しんでいた。

「私もいい名前だと思うぞ、ロイス」

「ありがとう、シルヴィア」

シルヴィアからも労(ねぎら)われ、とりあえずは大成功かな。

新たな領民――と、言っていいのか。

ともかく、ドラゴンのワーウィックが新たに俺たちの仲間として加わったのだった。

その日の夜。

夕食を終えると、テスラさんの淹れてくれたコーヒーを味わいながら、まったりと今日一日を振り返る。

「ついにドラゴンまで出てくるとは……この霊峰ガンティアは俺の想像を遥かに超える場所だったな」

ムデル族、山猫の獣人族、そして今回の都市遺跡にドラゴン。

産業を確立し、領民を増やしていくのを目標にしていた初期の頃に比べたらかなりスケールアップしている。

「残された資料にしっかり目を通していかないとなぁ……もしかしたら、もっと凄い何かがあの山には隠されているのかもしれないし」

「ドラゴン以上か……そうなると、あとは神様とか？」

「さすがにそれは――と、安易に否定できないところが怖いな」

シルヴィアは冗談っぽく言うけど、「もしかしたら」って気になってしまうんだよなぁ。現にドラゴンがいるなんて夢にも思っていなかったし。

ワーウィックが暮らす例の遺跡の調査は今後カナンさんに一任し、俺は経過報告を聞くのみにとどめた。

彼女ならば信頼できる。

根拠らしい根拠はないが……一緒に探索しているうちにその考古学にかける情熱と人間性は把握しているつもりなので大丈夫だろう。

遺跡調査の方針が固まったところで、俺たちの今後だが――久しぶりに山岳調査に乗りだそうと考えていた。

霊峰ガンティアは広くて大きい。

まだまだ俺たちが足を踏み入れていない未知の領域が存在している。そこにはこちらの想像を軽々と飛び越すとんでもない存在が眠っているかもしれないのだ。

領主として、その場所を徹底的に調査する必要があるだろう。

今回は俺たちに対して友好的だったから問題にならなかったが、地底湖に潜んでいた巨大魚型モンスターやワーウィックの件だって、一歩間違ったらこの領地の存続に関わるくらいの規模に発展していてもおかしくはないのだ。

あとからそれが発覚して慌てるより、未然に防げるように対策を練っていくのも領主の仕事だと思う。

「明日は山へ出るのだろう？　だったらそろそろ寝ておかなくていいのか？」

ソファでくつろいでいた俺にそう語ったのは風呂上がりのシルヴィアだった。

「転移魔法陣があるし、いざとなれば途中からこっちへ戻ってこられるからね。朝は少しのんびりしていてもいいんじゃないかな」

「む？　言われてみれば……なら、今度はとことん奥地まで進んでみるのはどうだ？」

「奥地、か」

なんだかんだ言って、ムデル族の集落から先ってあまり行ったことがないんだよな。魔鉱石の違法採掘現場を発見した場所がこれまでの最高記録か？

俺個人としては、テレイザさんの言っていた、この霊峰ガンティアのどこかにあると言われる天然温泉の場所を突きとめたいと思っているんだよなぁ。

遺跡発見をきっかけに祖父の残した記録をいろいろと読み漁っているが、その存在を匂わせる記述はあっても詳しい場所までは明記されていない。ワーウィックと同じように、あまり人に知られたくなかったのだろうか。

ただ、存在しているのは間違いなさそうなので、探してみる価値はあると踏んでいた。

人には知られていない温泉――つまり、秘湯というわけだ。

そこは一体どんな場所なのか……とても興味があるな。

「よし！　明日に備えてそろそろ寝るか！」

「ふふふ、そうしよう。今日の疲れを明日に残すわけにはいかないからな」

「あぁ」

というわけで、俺とシルヴィアは寝室へと向かう。

――途中、何やら悶えているテスラさんがいたけど、いつものことなのでそっとしておくとしよう。

◇◇◇

翌日。

朝食の前にシルヴィアの剣の鍛錬に付き合い、それが終わるとふたりで霊峰ガンティアを眺めていた。

「今日も大きくて立派だな、ガンティア山は」

「本当だな」

タオルで汗を拭きながらそう語るシルヴィアに、俺は雲で隠れているガンティア山の頂上を眺めながら答える。

この山に暮らすさまざまな人々と出会い、さらには隠された文明とも顔を合わせた。

でも、これで終わりではないだろう。

雄大な風景の至るところに、俺たちの知らない何かがまだ眠っているのだ。

今日はその未踏の地へ足を運ぶつもりでいる。

転移魔法陣があればどれだけ奥地へ行ってもすぐに戻ってこられるから、気軽に足を運べて助かるよ。

「じゃあ、行ってきます」

「お気をつけて」

「頑張ってね！」

テスラさんとエイーダのふたりに見送られて、俺とシルヴィア、そして相棒のマック、さらには護衛騎士のダイールさんとレオニーさんは屋敷を出発。

今回は転移魔法陣でムデル族の集落へと向かい、そこから進むルートとなる。

そこは以前、紅蓮牛と遭遇するために訪れた場所だ。

山の精霊たちもいたが、もしかしたら今もその場にいるかもしれない。再会できたら、詳しく聞いていこうかなと思っていたのだが……そう簡単に物事はうまく運ばない。

「うーん……山の精霊たちの姿はないようだな」

期待していた精霊たちの姿は見えず、背の低い草が絨毯のように敷かれた美しい高原が広がっていた。

「それにしても、ムデル族の集落からほど近いところにこれほどの高原があるとは……」

「ここはここで観光スポットにできそうですね」

ダイールさんとレオニーさんは一面に広がる雄大な景色に思わず見入っていた。

もちろん、俺とシルヴィアも同じだ。

遮蔽物がないため、かなり遠くまで見渡せるのだが、特にこれといって目立つような場所はない。――ただひとつ、ちょっと気になった点がある。

「まだまだ標高の高い地点があるのか……」

高原の先には、まるで槍のように先端が尖った形で伸びている場所がある。ここもかなりの高い場所のはずだが、あそこはさらに高かった。周囲の様子からすると、恐らくあそこが山頂だろう。

改めて見ると、割と山頂近くまで来てはいたんだな。ムデル族の集落を訪問する時って、大体何かしらのトラブルを抱えている場合が多いため、こうしてじっくりと景色を楽しむなんて機会はなかった。

「あそこが霊峰ガンティアの山頂か……」

雲と雪に覆われ、素人目にも過酷な環境であるのはビンビン伝わってくる。

想像しただけでこめかみから汗が流れ落ちる。祖父アダム・カルーゾが謎を解明するために挑み続けながらも、結局謎に包まれたままとなっていた霊峰ガンティア――その頂が、もうすぐそこまで迫っていたのだ。

「ここから眺めていると近いように感じるが、実際はまだかなり遠いのだろうな」

シルヴィアがボソッと呟く。

彼女の言う通りで、距離に換算するとまだまだずっと先だろうな。あのてっぺんにたどり着くまでにはここから数日を要するはず。それに、山の頂部分は雪に覆われているので、一歩進むのも困難だろう。おまけに雲のかかり具合から、吹雪になっている可能性も高かった。

本格的に登頂するとなったら、もっとしっかりした装備が必要になってくるし、山のスペシャリストに協力を仰がなくてはならない。

俺は今すぐにでも動きだしたい衝動をグッと堪える。

とりあえず、今日のところは山頂を目視できたというところで満足をしておかないといけないな。

いずれは制覇するつもりでいるが、そのための準備としてある案を閃く。

「ここからもうちょっと先の広い空間に村を作れないかな」

「村を？」

不思議そうに首を傾げたのはシルヴィアだった。

「いや、山頂を目指すのに宿屋とか店とかあったら便利かなと思って」

「なるほど。確かに、これほど広い土地をそのままにしておくというのはもったいないと思いますな」

「もう少しこの辺りを探索してみて、問題がなければそれをデルガドさんたちに相談してみようかな」

経験豊富な冒険者であったダイールさんからもお墨付きが出たことだし、それを前提にして探索を続けるとしよう。

俺たちはもう少し山頂へ近づいてみようと進んでいく。

しばらくすると、草原から荒れ地へと変化していき、大きな岩がチラホラ見え始めた。

足元に注意しながら進んで行くと、シルヴィアが何かを発見して「あっ！」と叫ぶ。

その視線の先には——岩壁に大きな穴が開いていた。

「もしかして……ダンジョンの入口か？」

「恐らくは」

「こ、こんな場所にもあるなんて……」

フルズさんとレオニーさんが動揺するのも無理はない。これまでとは明らかに雰囲気というか、オーラが違う。入る前から高難度であるという予感が頭を支配していた。

ただ、ここは位置的に……あの山頂部分へとつながっているかもしれない。

「……実質、ここがラストダンジョンってことになるのかな」

ここよりも標高の高い位置にダンジョンがあるとは思えない。

となると、やはりさっきのはただの予感などではなく、攻略難易度はかなり高くなってきそうだ。

そうなれば、必然的に出没するモンスターのレベルは高くなる。あそこに乗り込むとなったら、フルズさんやギルドに所属する冒険者たちと綿密な打ち合わせをしておかなきゃな。

とりあえず、今回あのダンジョンに入るのは保留だ。

遺跡調査の件もあるし、もう少し落ち着いてから改めて挑むとしよう。

さっきも考えたが、最終ダンジョンというなら余計この近くに村を構える必要が出てくるだろう。

山頂への挑戦も考慮すると、規模も大きめにしておいた方がよさそうだ。

資材の搬入などは転移魔法陣を使えば簡単にできるので、デルガドさんたちともよく打ち合わせておかないと。

下準備として、ダンジョン近くに転移魔法陣を設置し、いつでも戻ってこられるようにしておいてから再度この周囲を調べてみることにする。

「しかし……何もないな。殺風景で物寂しさがある」

シルヴィアがストレートに感想を述べた――が、それはマックを含め、きっとこの場にいる全員が感じていることだろう。

何もない。

本当にこれに尽きる。

だからこそ、いろいろとテコ入れする余地があって計画を立てるのがおもしろくなってくるのだが……この場所に関しては、あまり呑気に構えていられないな。

さらに調査を続行すると、今度はレオニーさんが異変に気づく。

「あれ？　あっちの方から煙が上がっていませんか？」

「えっ⁉」

レオニーさんの指さす方向――ダンジョンの入口から西側には、彼女の指摘通り、もくもくと立ち込める白煙が。

「もしかして火事か⁉」

「ま、まさか、火元になるような物がまったくないこの荒野で？」

「……いや、火事とはちょっと違うみたいだ。調べに行こう」

俺とシルヴィアは、警戒心を強めるダイールさんとレオニーさんのふたりに守られながら例の白煙を目指して進行。

やがて、その正体を知る。

「あっ！」

その白煙の正体を目の当たりにした俺は、思わず叫んでしまう。それくらい、衝撃的な光景だったのだ。

「これは――温泉だ……」

広がっていたのは大きな池。

だが、白煙はそこから上がっている。あそこにある水はただの水じゃない。きっと、これが祖父アダム・カルーゾも探していたという霊峰ガンティアの温泉だ。

「まさかここまで広いとは……」

「百人くらいが一度に入っても余裕がありそうですね」

ダイールさんとレオニーさんも、この光景に圧倒されているようだった。もちろん、シルヴィアも同様だ。

「凄いな、ロイス！」

「あ、あぁ……でも、問題はここからだ」

「えっ？」

俺はまだ心から喜べないでいた。

なぜなら、ここの温泉が人体に悪影響を与えるかもしれないという危険性があったからだ。

俺はそのことを三人へ説明する。

「なるほど……リゾート地のイーズにあった温泉施設は開業前に効能などを入念にチェックしているでしょうし」

「そうなんです。ここを人々に開放するとなったら、同じように証明する必要があります」

やっぱりダイールさんは察しがいいな。

さらに、彼はこの温泉が抱える問題点にも気づいていた。

「これだけの天然温泉を調べるとなると、かなりの時間と費用がかかりそうですな」

そう。

悩みは時間と費用のふたつ。

けど、これならすぐに解決できる。

「ダイールさん……それは俺に任せてください」

「領主殿？　――あっ」

どうやら、気づいてくれたみたいだな。

今持ち上がっているさまざまな課題は、無属性魔法を使えば一気に解決へと導けるのだ。

「よし……やってみるか」

みんなが見守る中、深呼吸を挟み、気合を入れ直した俺は両手を白煙が立ち込める温泉へと向かって伸ばす。意識を集中させて発動させるのは――検知魔法だ。

これは毒だったりトラップだったり、そういった危険物を見極めるのに使用する。見た目では判断できなくても、その裏側に隠された悪意を見つけだすのだ。

これならば、実際に手を触れることなく危険かどうか知ることができる。まさにこういう場面に向いた魔法だ。

――で、その結果はというと、

「……大丈夫。問題ないみたいだ」

水質及び水温は人体に悪影響を及ぼすレベルではない。

それを耳にすると、ダイールさんが実際に温泉へと手を入れてみた。

「ふむ。確かに、いいお湯ですな」

「それなら、ここを温泉地として開放することができるな！」

興奮気味に話すシルヴィア。

俺はというと、もっとも期待していた効果を得られて安堵していた。

さらに詳しく調べていくと、温泉の効能も疲労回復や関節痛などを癒すようで、それを売りに冒険者や観光客が訪れるようにできたらいいなと思う。

「ダンジョンのすぐ近くに傷を癒せる場所があるというのは、冒険者としてとてもありがたいですね」

騎士団に所属しており、本来であれば冒険者とは無縁だったレオニーさんだが、この地方へやってきて多くの冒険者と接するうちにその気持ちが理解できてきたらしい。

さらにもうひとつ、ここを温泉地として開放する上で人気になりそうな要素があった。

それは——広い温泉に浸かりながら眺められる景色だ。

先ほどは白煙の影響もあって視界が悪かったが、徐々に晴れてくるとその見晴らしの良さに思わず息を呑んだ。

視界の先に広がるのは雄大な高原の風景。

背の低い草が一面に敷き詰められている様子は、差し詰め翡翠色の絨毯と言ったところか。

こちらもまだまだ調査が必要になってくるが、眺めているだけならばその圧巻の景色に視線を外すことができなくなってしまうほどだ。

「綺麗だな……」

「あぁ……」

俺とシルヴィアはしばらくその光景を眺めていたが、ハッと我に返ってこの辺り一帯の調査を続行する。

しかし、これ以上先を調べるとなったら日を改めた方がいいだろう。

そう判断した俺たちは温泉地の近くに転移魔法陣を設置し、その日はそこから麓へと一気に戻り、後日改めて訪れようと誓ったのだった。


屋敷に戻り、夕食が終わってからはすぐに自室へと入って今後の方針を練っていく。

まず、遺跡調査が落ち着いたことで霊峰ガンティアの調査に本腰を入れられる。今日は新たに温泉地が発見されたため、あの場をどうやって有効活用していくのか、いくつかの案を紙へまとめていった。

もっとも有力視されているのは温泉地としての利用だろう。

近くにダンジョンもあったし、山頂へと足を踏み入れるためにはあの開けた空間は絶対に通らなければならない。そうなった時のために、宿だったりアイテム屋だったりと、さまざまな用途を持つ店舗も欠かせなくなってくる。

それらすべてを叶えるためには、やはり新しい村を開く必要があった。

しかし……住むとなったらあそこはかなり厄介な場所だ。温泉こそ近くにあるが、それ以外は何もない。もうちょっと季節が進めば、あの場所も雪で覆われる可能性は十分にあった。

自然環境に耐えるためには、相応の準備がいるだろう。

新しい村に関しては、職人のデルガドさんと要相談になる。ジェロム地方の店舗や家屋だって、すぐにできたわけじゃないからな。綿密に打ち合わせていかないと。

いろいろ思考を巡らせていると、不意に人の気配を感じる。

「相変わらず熱心だな、ロイス」

「シ、シルヴィア⁉」

俺が愛用するカップと自分のカップのふたつを左右の手にそれぞれ持って、柔らかな笑みを浮かべるシルヴィア。集中していたということもあってかなり距離が縮まってからでないと気づけなかったな。

「ご、ごめん。ちょっと仕事に意識が向きすぎていたようだ」

「気にするな。それだけ真剣に取り組めているという何よりの証拠じゃないか」

なんて優しい言葉だ。

シルヴィアが婚約者として今日まですぐ近くにいてくれたのは最大の救いだな。

そんな彼女のためにも、まだまだ領地運営を頑張っていかなければ。

――と、そうだ。これを忘れるところだった。

「明日なんだけどさ、バーロンに行こうと思っているんだ」

「バーロンへ？　テレイザさんに会いにか？」

「うん。遺跡の件について報告しておきたいし、あとイーズで買ってきたお土産の蒸しパンも渡さなくちゃね」

ちなみに、お土産の蒸しパンは無属性魔法のひとつである保存魔法によって買った時と同じ状態を維持できている。

俺たちにイーズを紹介してくれたのはテレイザさんだし、そのおかげで遺跡調査は大きく前進した。ワーウィックという新しい仲間も増えたし、本当に感謝してもしきれない。こんなことならもっとたくさんお土産を買っておくんだったよ。

次の日。
俺とシルヴィアにいつもの護衛騎士ふたりを連れて、鉄道都市バーロンへ向かうためジェロム地方を出発。
今回、お疲れ気味のマックは休養にして、途中までは馬車での移動となった。

馬や荷台をいつも世話になっているアスコサの業者に預けてから、弁当を購入して列車へと乗り込む。最初は戸惑いもあったけど、慣れてきたとあって近頃はスムーズに乗車できるようになってきたな。

バーロンに到着すると、すぐにテレイザさんの屋敷へと向かう。

庭の手入れをしていた使用人のみなさんも俺たちの顔は覚えてくれたようで、俺たちを見ると

「いらっしゃいませ、ロイス様、シルヴィア様」と声をかけてくれた。

しかし、どうも今回は勝手が違うようだ。

よく見ると、屋敷の前に見慣れない馬車が停まっている。

どうやら先客がいたらしい。

「テレイザ様は今ちょうどお客様がいらしていて……」

「そうなんですね」

忙しい立場だからな、テレイザさんは。俺たちの方は時間があるので、ゆっくり待たせてもらおうとしたのだが、ちょうどその時、屋敷玄関の扉が開いてふたりの女性が出てきた。

ひとりはテレイザさんで、どうやらもうひとりが来客らしいのだが……その女性の姿を視界に捉えた時、俺は思わず固まった。

「キャ、キャロライン姉さん!?」

「ロイス？　なんであなたがここにいるのよ」

来客とは俺の実姉であるキャロライン姉さんだったのだ。

キャロライン・アインレット。

俺の実姉にして、水属性魔法のスペシャリスト。

確か、名家として知られるヴィンクス家との縁談がまとまって、近々結婚すると聞いていたけど……なんでここに？

ただ、姉さんの立場になってみれば、俺がここにいる方がよっぽど不自然に映るか。何せ俺は、家出同然で屋敷を出ていったわけだし。

実家で暮らしていた時のように嫌味のひとつでも言いに来るのかと思いきや、なぜか姉さんは黙ったまま、複雑そうな顔でジッと俺を見つめていた。

同じく複雑な表情をしているのはシルヴィアだ。

彼女は婚約者という立場だから特に何も言われてはいないが、兄さんや姉さんからバカにされる俺を見続けている。その相手が目の前にいるのだから穏やかではいられないだろう。

けど、今は当時の姉さんの面影すら見えない。

「ね、姉さん……？」

あまりにも俺の知るキャロライン姉さんとは異なる態度。

困惑し、恐る恐る声をかけると、ようやく姉さんは重々しく口を開いた。

「……あなたの話はお母様やテレイザさんから聞いているわ、ロイス。ジェロム地方でいろいろと頑張っているそうね」

「っ⁉」

俺は耳を疑った。あの呼吸をするくらい自然な流れで嫌味を口にしていたキャロライン姉さんから、「頑張っているそうね」なんて言葉が出るなんて……まったく予想もしていなかったからだ。

さらにキャロライン姉さんの目は忙しなく泳ぎまくり、バツが悪そうに毛先を指でクルクルといじっている。

ほ、本当に姉さんなのか？

なんだか別人と会っている気分だ。

すると、テレイザさんから驚きの発言がなされた。

「キャロライン、ちゃんとロイスたちには伝えたの？　――妊娠したって」

「「えっ⁉」」

俺とシルヴィアは思わずテレイザさんの方を振り向き、そのあとで再び姉さんへと視線を移す。

「に、妊娠って……本当なんですか、姉さん！」

「え、えぇ……」

戸惑った様子の姉さん。

もしかして、それが言いだしにくかったってことか？

……でも、なんだかそれ以外にも理由がありそうだった。

姉さんはなんだかモジモジしていて、何かを話そうと口を動かすが、すぐにそれを引っ込めてしまっている。言いたくても言えない何か……嫌味とかそういう類ではなさそうだけど、サッパリ読めない。

「で、では、今日はこれで失礼します」

ついにあきらめたのか、キャロライン姉さんは突然帰ると言いだした。

「もう帰るの？　せっかくロイスたちも来たんだし、よかったら一緒にお茶を――」

テレイザさんは姉さんを呼び止めようとしたが、そこで俺と姉さんの関係を思い出して言葉が詰まる。一瞬、テレイザさんがこちらに目配せをしたため、俺は静かに頷く――誘っていただいて大丈夫だ、という意味を込めて。

俺としても、今の姉さんの様子は気がかりだったし。

こちらからの合図を受け取ったテレイザさんは、「お茶を飲んでいかない？」と姉さんに声をかける――が、

「……ごめんなさい。今日は顔見せに寄っただけだから」

そう告げると、姉さんは足早に馬車へと乗り込んだ。

「な、なんだったんだろう……」

「様子がおかしかったな、キャロラインさん」

シルヴィアの言う通りだ。

何かのついでにテレイザさんへ妊娠報告に来たってことだけど、その割にはなんだか慌てていたような……やっぱり、俺がいたからかな。

不思議に思っていると、馬車を見送っていたテレイザさんが呟いた。

「あの噂は本当だったみたいね」

「噂？」

「ええ。ヴィンクス家に嫁いでから、キャロラインは性格がガラッと変わったってお付きのメイドから聞いていたの」

「性格が変わった？」

確かに、あんなに大人しいキャラじゃなかったものな、キャロライン姉さん。もっとイケイケというか、自身の欲を満たすためならば容赦しないって感じだった。その辺はビシェル兄さんと似ているんだけど……キャロライン姉さんに一体何があったんだ？

この件について、テレイザさんは思い当たる節があるらしい。

「あまり大きな声では言えない――とはいっても、大体の人はあの子たちの結婚が政略結婚であることを知っているでしょうね」

「政略結婚……」

俺とシルヴィアも、最初はそうだった。

まあ、意図としては未だにそれは変わっていないだろう。

婚約を結んだのは当人同士ではなくどちらも親だった。

アインレットとラクロワの名を高めるための、計算された結婚――けど、俺たちはとても仲良くやっている。

もしかしたら、姉さんのところもそうなのか？

「あの子はたまにうちへ遊びに来ていてね。嫁いだ当初こそ特に目立った変化はなかったのだけれど、徐々に丸くなっていったって印象を受けたわ」

「あのキャロライン姉さんが……でも、どうして？」

「向こうの環境が良かったんでしょうね」

「環境？」

政略結婚――つまり、当人同士が望んだわけではない結婚。にもかかわらず、姉さんの性格をひっくり返してしまうほどの影響があったということは……

「ヴィンクス家に受け入れられたんですか？」

「それもかなりの厚遇だったらしいわよ？　——この場合の厚遇というのは、豪華な生活をするというより、本当に愛情を持って接してもらったと言った方がいいかしら」

「と、いうと？」

「ヴィンクス家の領民たちは、心から領主の結婚を祝った。パーティーに出席したキャロラインは、その喜びを肌で感じたでしょうね」

周りからの温かな祝福……なるほど。もちろん、それだけでキャロライン姉さんの性格がガラッと変わるなんてことはないと思うので、きっかけに過ぎないだろう。

「キャロラインは面食らったでしょうね。彼女としてはアインレット家がさらに地位を高めるために行った政略結婚であり、領民たちからは疎まれても仕方がないって覚悟だったのに、それがあんなに手厚く歓迎されちゃって……」

「なぜ領民はそこまで歓迎を？」

「純粋に領主の結婚が嬉しかったんじゃないかしら。あそこは領主と領民の関係が良好ということで有名だから」

ふーむ……本当にそれだけだろうか。

いや、俺も実際にヴィンクス家の領民に会ったどころか、そもそも領地に入ったことさえないので詳細に言えるわけじゃないが……他にも何か理由がある気がする。

ネガティブな意味じゃなくて。


結局、キャロライン姉さんとは入れ違いという形でテレイザさんの屋敷へと入り、ここまでの成果を伝える。

「なんだかとんでもない話になっているわねぇ……」

さすがに人語を理解するドラゴンまで現れるとは予想外だったらしく、テレイザさんは遺跡探索の経緯に興味深げに聞き入っていた。

そして、前回の流れと同じく夕食をいただき、俺とシルヴィアは同じ部屋で夜を過ごす。

よくよく考えれば、ジェロム地方にある屋敷ではいつもと変わらないので、イーズでもあんまり慌てる必要もなかったんだよな。

というわけで、俺たちは寝るまでの間、密かに持ってきていた複製した祖父の記録に目を通していた。

「へぇ……ダンジョンにも足を踏み入れているのか」

「この滝のある場所はまだ到達していないんじゃないのか？」

「ダンジョンに滝か……確かに、見たことないな」

それ以外にも気になる記述はいくつかあった。

俺たちが到達した最も高い標高は、ムデル族の住んでいる辺りだが、どうやら祖父はそのさらに先まで進んでいるようだった。

その場所をこのように表現している。

『一面に広がる氷の花畑』。

「氷の花畑……か」

山頂に残雪があることでも分かるが、標高が高くなればなるほど気温は低くなる。温泉を発見したあの場所から見えた山頂——そこに、氷の花畑はあるのかな。

「見てみたいな……なあ、ロイス。いろいろと落ち着いたら、新たな場所に挑もう」

「ああ。そのためにも、もっといろんな魔法を覚えないとな」

「私はもっと強くなる。ロイスを守れるようになるために」

それは本来男である俺が言ってあげたいセリフだが……実際、魔法がなければ普通の人間だしな。

「頼りにしているよ、シルヴィア」

「私の方こそ」

俺たちはお互いの重要性を確認するように呟くのだった。

翌朝。

昼にはジェロム地方へ戻ろうと思っていたので、朝には屋敷を発つことにしていた。

「いろいろとありがとうございました」

「またいつでも来なさい。事前に教えてくれたら、イローナ姉さんにも声をかけておくから」

「はい」

……そうだな。

母上にも、もう一度会いたいな。

その再会も楽しみにしつつ、俺たちは鉄道都市バーロンをあとにした。


予定通り、昼過ぎにはアダム村へと戻ってこられた。

早速屋敷で持ち帰った記録の続きを読もうとしたのだが、

「あれ？」

なんだか、屋敷の前に人だかりができている。

村の住人や冒険者たちのようだけど……俺が泊まりで出かけることはテスラさんに伝えておいたから、知らないはずがない。

――と、

「あっ！　ロイス様！」

冒険者のひとりが俺に気づいた。

すると、人だかりをかき分け、ひとりの中年男性が前に出る。

「あなたがこのジェロム地方の領主であるロイス様ですか？」

落ち着いた口調でそう尋ねる男性……一体、何者なんだ？

綺麗な身なりを見る限り、冒険者というわけではなさそうだ。

それでいてあの精悍な顔立ち……どこかの国の騎士か？

少なくともこのアルヴァロ王国騎士団の関係者ではなさそうだ。

しかし、だとしたら、なんの用事でここへ来たんだ？

すべての真相を明らかにするため、とりあえず名前を聞こうとすると、

「私の名はクロードと申します。ヴィンクス家当主からの命を受けてこちらへ参りました」

「ヴィ、ヴィンクス家って……」

俺とシルヴィアは思わず顔を見合わせる。

ただ、集まっていた人々にとっては聞かない名前らしく、反応はいまひとつであった。

――いや、ひとりだけ、俺たち以外にヴィンクス家を知っている人がいたようだ。

「ロイス様……ヴィンクス家をご存じなのですか？」

騒ぎを聞きつけて駆けつけたテスラさんだった。

かつてアインレット家の屋敷で働いていたテスラさんなら、キャロライン姉さんの婚約者が誰なのか知っていてもおかしくはない。

しかし、そのヴィンクス家の使いがどうしてうちに？

なんだか込み入った話になりそうだし、大勢の人が集まってきて話しづらい環境になりつつあった。

そこで、場所を俺たちの住む屋敷の応接室に変えてゆっくり話を聞きたいと彼に提案し、それが了承されるとすぐに移動を始めた。

屋敷の応接室に到着すると向かい合ってソファへと腰かけ、改めて自己紹介。

それが終わると、クロードさんからジェロム地方を訪れた理由を聞かされた。

「実は、まもなく当主であるジルベール様とあなたの姉上であるキャロライン様の結婚式があるのです」

それは先日テレイザさんからも聞いていた。曰く、キャロライン姉さんは結婚式の招待状を渡すために、テレイザさんのところを訪れていたらしい。

「それで……ひとつお聞きしたいことがありまして」

「なんでしょうか」

「あ、あの……」

クロードさんはなんとも言いにくそうにしている。

姉さんの結婚話が出た時から、なんとなく質問の内容は察することができていた。

「俺とキャロライン姉さんの仲について、ですか？」

「っ!?」

なぜ分かったのか、と言わんばかりに目を見開いて驚くクロードさんだが……割と分かりやすかったけど。

ただ、あえてその話題を放り込んできたということは、俺に結婚式へ出てほしいということだろうか。わざわざ仲を確認するくらいだからなぁ……弟の存在を知っていて、それを姉さんに聞いたけど、本人からは色よい返事がもらえなかったってところか。

でも、もしそうだとしたら、なぜ俺のもとへ？

姉さんが俺の出席に難色を示しているのだとすれば、ヴィンクス家当主はなぜわざわざここへ使いを送ったんだ？

なんだか、余計に謎が深まったぞ。

その謎を解決するためにも、クロードさんからもっと話を聞かないと。

「ご存じと思いますが、俺とキャロライン姉さんの仲は……良好とは言えません」

「そ、そうですか……」

落胆するクロードさん。

しかし、改めて考えてみると、答えあぐねるものだな。

俺は……キャロライン姉さんを恨んでいるのだろうか？

本音を言えば、「今はもう特になんとも思っていない」だ。

ジェロム地方へ来て、たくさんの仲間と出会い、婚約者であるシルヴィアとともに領主として楽しく幸せな日々を謳歌（おうか）している。アインレット家の屋敷にいた頃では味わえなかった充実感に包まれているのだ。

そんなこともあってか、今の俺はもう姉さんに対してマイナスな感情を持っていない。嘘偽りなく正直に言ってしまえば、関心がないのだ。

どうやら、クロードさんにとって、俺の姉さんに対する感情というのが今回ジェロム地方を訪問した大きなキーワードとなっているようだった。

「俺とキャロライン姉さんの関係を知ってどうするつもりだったんですか？」

「そ、それは……」

クロードさんは言葉に詰まってしまう。

だが、こればかりは本人の口から聞かないことには始まらない。

しばらく待っていると、突然周囲が騒がしくなった。

「なんだ？」

異変を感じて外に出ると、こちらへ馬車が近づいてきていた。それは物を運搬するためのものではなく、明らかに貴族が乗っていると分かる豪華な造り。さらに、周りには護衛と思われる騎士が乗った馬が全部で十二頭もいる。このタイミングであれだけの数の護衛を連れて馬車に乗ってくる者とは――

「まさか……」

おおよその見当がついた瞬間、馬車は俺たちの前方数メートルの位置で止まる。

念のため、ダイールさんとレオニーさんのふたりが俺とシルヴィアの前に立とうするが、俺はそっと手を出して制止する。

やがて、馬から降りた騎士たちが取り囲む馬車からひとりの男性が降りてきた。

「騒がしい登場になって申し訳ない。私はジルベール・ヴィンクスと言います。あなたが領主のロイス殿ですか？」

「は、はい」

藍色の髪に浅黄色の瞳をしたその人物は、どこからどう見ても貴族という出で立ちをしていた。

というか、さっきヴィンクスって言ったよね？

じゃあ、この人が姉さんの結婚相手？

「ジ、ジルベール様⁉」

突如大声を出したのはクロードさんだった。

彼は大慌てでジルベールさんに近づいていく。

「ど、どうしてこちらに？」

「あまりにも忙しかったから君に代理を頼んだんだけど、やっぱり義理の弟となる子の顔はしっかり見ておきたいかなと思って大急ぎで用事を済ませたんだ」

あっけらかんと言い放つこの人が……姉さんと結婚したジルベール・ヴィンクスさんか。

パッと見た感じは「優しそうな人」という印象を受ける。ただ、以前の姉さんだったら物足りないとか言ってそうだな。何せ、以前のキャロライン姉さんは野心の塊。己をより高貴に見せるため、出費はいとわない。ただ、それも度が過ぎて浪費みたいな感じだったけど。

だから、ジルベールさんみたいなおっとりしていて野望とは無縁そうに見えるタイプは、どちらかというと姉さんが敬遠しそうなタイプ——まあ、俺とシルヴィアのように、父上の意向が強く反映されている結婚だったから仕方ないのかもしれないけど。

ジルベールさんの登場によってアダム村は騒然となった。

とりあえず屋敷内へ入り、ひと息ついてからジルベールさんの話を聞く流れとなる。

「ロイス殿にはぜひとも結婚式へ出席してもらいたいんです」

「お、俺に……ですか？」

クロードさんの反応から半ば予想できていたとはいえ、本当に結婚式の案内だったか。

——ただ、本件についてはひとつ問題がある。

それは他の家族との関係だ。

「ジルベールさん……俺をキャロライン姉さんの結婚式に招待するという話——父上やビシェル兄さんは知っているんですか？」

母上はともかく、このふたりは俺が出席するとなったらいい顔をしないだろう。最悪の場合、姉さんの結婚式を台無しにしてしまう可能性さえ含んでいる。

——だが、そこはすでに対策済みのようだった。

「その点については、イローナ様がなんとかすると」

「えっ？　母上が？」

俺の結婚式参加を母上が希望しているってことか？

あるいは、何か別の意図がある？

……でも、母上とは祖父アダム・カルーゾの件で和解――というか、元から誤解であったことが分かった。あれから、多忙である母上とは直接顔を合わせる機会こそなかったのだが、テレイザさんを通して近況報告は行っていた。

……しかし、妙だな。

母上と話をしていると言うなら、俺とキャロライン姉さんの関係性くらい耳に入っていてもおかしくはないはず。

「君たち姉弟の関係についてはすでにイローナ様から聞いているよ」

表情からこちらの考えを読み取ったのか、ジルベールさんは先回りして答える。

それから、彼は俺を結婚式へ招待した経緯について説明してくれた。

「彼女は……キャロラインは変わったよ」

いきなり核心を突く言葉を投げかけてきた。

それは俺もテレイザさんの屋敷で偶然再会した時に感じている。なんというか、全体的に柔らかな雰囲気になったというか、丸くなったというか……以前のようなギラつきは抑えられていた印象を受けた。

「うちへ来た当初は、言葉にしなくても不満な様子があった。きっと、彼女が想像していたような華やかさとは無縁の辺境領地だったからだろうね」

確か、ヴィンクス家は農産業で栄えた土地だ。派手なドレスで着飾ったりするなど、華やかなことが好きな姉さんにとっては、それも大きなマイナスポイントだったに違いない。

「それでも、最近はよく外へ出るようになったんだ。何をしているのかと思えば、収穫の手伝いをしていたんだよ。顔に泥をつけ、額から汗を流し、懸命に働いていたんだ。さすがに妊娠が分かってからは控えているけどね」

「「「えぇっ!?」」」

これには俺だけでなく、キャロライン姉さんを昔からよく知るシルヴィアやテスラさんも驚愕していた。姉さんの過去を知る者からするとにわかには信じられない。

あの姉さんが率先して農作業?

一体、どんな心境の変化があったっていうんだ?

「キャロライン姉さんが農作業……」

「それも自分から……」

未だに信じられない俺とシルヴィアはジルベールさんから得た情報を繰り返し口にする。

だが、そのジルベールさんからさらに驚くべき情報がもたらされる。

「収穫の手伝いが終わると、私にいろいろと話をしてくれたよ。今度の春先には種まきを手伝いに行く、と」

作物の収穫だけにとどまらず、種まきまで……骨の髄まで農業に染まっているというか、大好きになっているじゃないか。こうなってくると、名前だけ同じの別人なんじゃないかって思えてくるよ。

「どうして……姉さんに何が……」

「……もしかしたら」

キャロライン姉さんがなぜそんなにも変わったのか――弟である俺には皆目見当もつかなかったが、テスラさんには何か思い当たる節があるらしい。

「テスラさん、姉さんの変化について心当たりが？」

「い、いえ、心当たりと言うほどのものではないのですが……キャロライン様にとって、ヴィンクス家での生活がそれほどの好影響を与えているのではないかと思いまして」

ヴィンクス家での生活が？

……まあ、確かに、こうして話をしている現当主のジルベールさんはとても落ち着いた優しい雰囲気だし、いろいろと好感の持てる爽やかな人物だと思う。さらにテスラさん曰く、ヴィンクス家が治めているアデガン地方は非常に穏やかな土地柄で、領民も気さくないい人が多いという。

同じ貴族社会でも、かつての栄光が忘れられず、成り上がりを夢見る父のもとで育った姉さんにとって、穏やかで優しいアデガン地方での生活はそれまでの生き方をひっくり返されるような衝撃だったたってわけか。

あと、トドメはなんと言っても妊娠したという点が大きいのだろうな。

最後に、とっておきの話をジルベールさんは披露してくれた。

「……キャロラインは、過去に君へ行った数々の仕打ちをひどく後悔している。謝罪をしたところで許してはもらえないだろうとあきらめていた」

「姉さんがそんなことを……」

どうやら、姉さんの心境に大きな変化があったというのは事実らしい。演技でそんなことをする必要はないし、大体、俺の知っているキャロライン姉さんなら、どんな場所にいても自分を貫き通すだろう。

現に、アデガン地方へ来た直後の頃は不満だったみたいだし。

「彼女は心から君に謝罪したいと思っている。だが、自分からはなかなか切りだせなかったようだ」

「そうなんですね……実は、昨日バーロンにある叔母の屋敷で偶然姉と再会をしましたが、確かにその時はなんだかこちらへ何かを伝えようとしているような素振りがあって……まさか謝罪をしようとしていたなんて」

キャロライン姉さんがそこまで自分を追い詰めていたとは思いもしなかったな。

それにしても、嫁ぎ先での生活がそこまで影響を及ぼしていたとは……恐るべし、ヴィンクス家。

ともかく、母上に続いてキャロライン姉さんとも関係が改善されたら、それはそれで今後の俺の生活に多大な好影響をもたらしてくれるだろう。そういう意味では、ジルベールさんに感謝しなくてはいけないな。

「……分かりました。ジルベールさんとキャロライン姉さんの結婚式――出席させていただきます」

「ほ、本当かい!?」

「はい。姉さんの心境の変化は叔母の屋敷で感じ取れていました。それが本当なら、今度はきちんと姉と弟として話ができると思いますし、それに……」

「それに？」

「同じく領主であるジルベールさんとは、もっとたくさんお話ししたいですからね」

「嬉しいなぁ。私はずっと弟が欲しかったんだよ。ぜひこれからは兄さんと呼んでくれ！」

感極まったのか、満面の笑みを浮かべるジルベールさんに抱きつかれる。いきなりの行動に周りは戸惑い、俺自身も動けなくなってしまったが、しばらくすると周囲の様子に気づいたジルベールさんが「あっ」とだけ漏らし、ササッと離れる。それから「コホン」とわざとらしく咳払いをしてから話を再開した。

「し、失礼したね。取り乱してしまったよ」

「だ、大丈夫ですよ――ジルベール義兄さん」

「っ⁉」

俺が「義兄さん」と口にした途端、パッと花が咲いたような明るい微笑みを見せるジルベールさん。

なんというか……本当に素直というか、裏表のない人なんだろうなっていうのが伝わってくる。

キャロライン姉さんはきっとこういう一面に惹かれたに違いない。

姉さんが真面目になって、これまでの考え方を改めるというなら、もう一度会ってその本音を聞いてみたいという気持ちはあった。その方が、きっと姉さんも俺も、新しい道を進んでいけるだろうから。

参加の意思を告げると、ジルベールさんは何度も「ありがとう」と感謝の言葉を口にしていた。

まあ、状況が状況だけに、ヴィンクス家サイドからすれば門前払いされるケースもあったろう……お人好しだと笑われるかもしれないが、俺はそれでいいと思っている。

領主として多忙を極めるジルベールさん――いや、ジルベール義兄さんは、出席の意思だけ確認するとすぐにクロードさんたちとともにアデガン地方へと帰っていった。

本音を言えば、もっといろいろ話したかったんだけどね。同じ領主としてどのように領地運営をしているのか、先輩から話を聞きたかったけど、それは式当日まで取っておくとしよう。

式は今から一ヶ月後。

その間に、いろいろとやらなければならないことがある。

例えば今の俺やシルヴィアの服装。

山の探索に出かけることが多い俺たちは、揃って軽装がメイン。とてもじゃないが、結婚式に出られるようはものではない。

「まずは服の調達をしないと」

「アスコサなら、それらしい服があるかもしれませんよ」

「そうだな。行こう、ロイス」

「おう」

善は急げ。

俺とシルヴィアはテスラさんとともに明日にもアスコサへと向かおうと話をまとめる。

それから、領民たちにも話をしておこうと屋敷を出た――直後、俺たちの周りを取り囲むように多くの人々が集まってきた。中にはギルドマスターのフルズさんや、書店を経営するユリアーネ、さらにはカナンさんやマクシムさん、ジャーミウさんなど領民が揃い踏みだ。

「えっと……みんな、何かあったのか？」

「何言ってんですか！」

先頭にいた冒険者のミゲルさんが叫ぶ。

「お姉さんの結婚式に出席するって聞きましたよ！」

「えっ？　もうその話が出回っているの？」

ジルベールさんが去ってからまだそれほど時間は経っていないはず。

情報を漏らした者は誰なんだと視線を巡らせていたら、エイーダと目が合った。そしてスッとそらされる。今の行為は自白に等しいな。どうやら、彼女が領民たちに情報を漏らしたらしい。まあ、重要な案件というわけじゃないけど、あまり口が軽いというのも感心しないな。

一方、目線でのやりとりで状況を察知したテスラさんがエイーダとの距離を一気に詰めていく。

「エイーダさん？」

「ご、ごめんなさい……」

無表情で迫るテスラさんの迫力に押されて、エイーダは涙目になっている。

気持ちは分からなくはない。

怖いよね……無言で迫ってくるテスラさん。

それはさておき、エイーダの情報漏洩は、どうやら俺のことを心配してのことだったとフルズさんからの証言で発覚。

俺が家族と折り合いが悪いことを知っていたから、話の流れで誤解をさせてしまったみたいだな。

ジルベール義兄さんとの会話を直接聞いていないから、断片的な言葉の情報を合わせてそう判断したらしい。

――で、みんな心配して来てくれたというわけか。

俺は集まってくれた人たちに問題ないことを告げ、強制的ではなく自らの意志で結婚式に出席することを告げる。最初はざわついていたけど、俺の真剣な訴えに領民たちも納得してくれたようだ。

「それならば俺たちも協力をさせていただきます！」

「きょ、協力？」

「結婚祝いで渡す物を調達してきます！」

冒険者たちは意気揚々とダンジョンへと走っていった。心遣いは大変ありがたいのだが、それはちょっと持っていけないかも。

「みなさまのお気持ちは大変嬉しいですが、貴族の結婚祝いがダンジョンでドロップしたアイテムというのはいただけませんね」

テスラさんの冷静なツッコミを聞き、フルズさんが先走った冒険者たちへそのことを伝えておくということで事態は収束していった。

何はともあれ、さっきテスラさんの言ったようにみんなが心配してくれたという事実は嬉しかったよ。


アスコサにある唯一の服屋。

そこに足を運んだのだが……結果は芳しくなかった。

というのも、この町は冒険者たちが立ち寄ることが多い。そのため、俺たちが普段愛用しているような、いわゆるダンジョンや山登り向けの服装が目立つ。結婚式で着ていけるようなものはどこにもなく、その手の服を扱う仕立屋もないそうだ。

「自然豊かなジェロム地方で暮らすなら目移りするラインナップだけど……冠婚葬祭には向いていないな。そもそもアスコサだと需要がないからなんだろうけど」

「そのようですね」

「しかし、そうなると遠出をする必要が出てくるな」

式の前に遠出は避けたかったが、致し方ないか。

どうしたものかと腕を組んで悩んでいたら、突然「ここにいたのか」といかつい声をした男性の声が。振り返ってみると、声の主は意外な人物だった。

「マーシャルさん!?」

シルヴィアの兄であるマーシャルさんだった。

「マ、マーシャル兄さん!?　どうしてここに!?」

これには俺以上にシルヴィアの方が驚いていた。何せ、マーシャルさんは俺たちとは多忙のレベルが違うからな。しかも、「ここにいたのか」っていう言葉から、どうも俺たちを捜していたらしい。

とにかく、この町中ではいろいろと目立ってしまうので、一旦ジェロム地方にある俺たちの屋敷へ戻ることにしよう。


たくさんの馬車を率いて、マーシャルさんとともに帰宅。

すぐさまマーシャルさんの荷物を屋敷の中へ運び込もうとしたのだが……これが思った以上に時間を要した。

原因はマーシャルさんが持ち込んだ荷物の量にあった。

なんだってこんなにたくさん持ってきたのだろう?

疑問に思っていると、マーシャルさんの方から事情を説明してくれた。

「使い魔を通してテレイザさんから連絡をもらったのだ。『ロイスとシルヴィアがキャロラインの結婚式に参加するそうだから手助けをしてやってほしい』と」

「テレイザさんが？」

恐らく、ジルベールさんがテレイザさんに連絡し、それからマーシャルさんに回ってきたってことなのかな？

経緯はどうあれ、マーシャルさんが手伝ってくれるのは心強い。

「特に心配なのが服だと聞き、王都でいくつか調達して持ってきたわけだが……少し張り切りすぎてしまったかな」

テレイザさんから連絡を受け、慌てて出てきたのだろう。冷静になってから荷物を見直してみると、いろいろと不必要な物も出てきた。

反省しているマーシャルさんだが、そこへ妹のシルヴィアが声をかける。

「こんなにたくさん……本当にありがとう、マーシャル兄さん」

「シルヴィアの助けになったのならそれでいい」

素っ気ない態度に見えるが、あれで内心はめちゃくちゃ嬉しいんだろうな。

……マーシャルさんって、俺が思っている以上にシルヴィアへの愛が大きそうだな。他のふたりの兄は、ジェロム地方に移り住んでも会いに来るどころか手紙ひとつ寄越してこないからな。それに比べて、マーシャルさんは熱心――というか、愛情深くシルヴィアに接しているようだ。シルヴィアもそれを知っているから、マーシャルさんによく懐いている。

――というか、ボケッとしていないできちんと感謝の気持ちを言葉にして伝えなくちゃ。

「感謝しています、マーシャル義兄さん」

「っ!?」

物凄い勢いでこちらへと視線を向けるマーシャルさん。

うっかりジルベール義兄さんの呼び方と混同してしまったが……まあ、俺とシルヴィアの関係性からすれば、間違いというわけじゃないんだけど。

「ど、どうしたんだ、急に」

「い、いや、ごめんなさい。先日、ジルベール義兄さんが屋敷へ来られて『これからは兄と呼んでほしい』と言われて、それでつい……」

「……ジルベール殿のことはそう呼んでいるのか？」

「えっ？　え、えぇ……」

「ならばそのままでいい」

つまり、今後は「マーシャル義兄さん」と呼ぶべきか。

さて、そのマーシャルさん改めマーシャル義兄さんが持ってきてくれた荷物を屋敷内へと運び終えると、その中から必要な物を選別していく。驚いたのは俺たち以外の出席者――に、なるだろう人たちに関連した物もいくつかあることだ。

まず、メイドのテスラさんとエイーダには新しいメイド服が贈られた。

「わあっ！」

「わ、私にもですか？」

幼いエイーダは素直に新しいメイド服を支給されて喜んでいる。一方、テスラさんはさすがに自分の分まであるとは微塵も想定していなかったらしく、動揺を隠せない。

だが、その重要性も理解している彼女は、マーシャル義兄さんの心遣いに深く感謝をし、新しいメイド服に袖を通した。

「サイズはどうだろうか？」

「問題ありません」

「似合っているよ、テスラさん」

「うむ。素敵だ」

「ありがとうございます、ロイス様、シルヴィア様、そしてマーシャル様も」

珍しく照れた様子のテスラさん。

ちなみに、服を贈られたのはテスラさんたちだけではない。

「護衛騎士である君たちの服も用意してきた」

「なんと！」

「わ、私たちの服ですか!?」

マーシャル義兄さんが用意してきたのは、俺たちの護衛騎士を務めてもらっているダイールさんとレオニーさんの服だった。特に、レオニーさんはマーシャル義兄さんの直属の部下という関係でもあるので驚きはひと際大きい。

「護衛騎士という立場ならば、きっと結婚式にも同席すると思って用意してきたんだ」

「なんという心遣い……」

「あ、ありがとうございます！」

結婚式には多くの貴族が出席するはず。

ダイールさんもレオニーさんも、俺たちと一緒に山へ入る機会が多いため、その服装は似たり寄ったりであった。俺としたことが……ふたりの服まで頭が回っていなかった。その点、マーシャル義兄さんはさすがだ。

「俺がしてやれるのはここまでだ。もう少し時間があれば、もっと手を貸してやれたのだが」

「とんでもないです。本当に感謝していますよ」

たぶん、テレイザさんもマーシャル義兄さんも、俺がキャロライン姉さんの結婚式には出席しないだろうと考えていたはずだ。というより、そもそも姉さんが俺を招待しようとしていたって発想がなかったのだろう。

それでも、事態を聞きつけてわざわざ激務の合間を縫って足を運んでくれた——その事実が何よりうれしかったのだ。

「何から何まで、本当にありがとうございました」

「気にするな」

マーシャル義兄さんのおかげで、準備は着実に進んでいく。

——しかし、乗り越えるべき問題はまだ存在しているのだ。

「では、そろそろ俺たちは王都へと戻る」

「はい！」

「兄さん、また今度ゆっくり話そう」

「うむ。楽しみにしている」

マーシャル義兄さんはこれから仕事があるそうで、荷物の説明を終えるとそのまま王都へと帰っていった。いつか、マーシャル義兄さんには絶対に恩返しをしないとな。

そんな決意を胸に秘めつつ、いただいた荷物を整理して準備を進めていこうとしたのだが、

「領主様！」

声をかけられて振り返ると、そこには数人の冒険者の姿が。

「どうかしましたか？」

「実は、お見せしたい物がありまして」

その言葉で俺はハッとなり、思い出す。

ダンジョンでドロップしたアイテムを持っていくことはできないというテスラさんからの助言を聞いて以降、彼らは俺たちのためにいろいろと準備してくれていたのだ。どうやら、その準備のひとつをお披露目したいらしく、俺とシルヴィア、そしてテスラさんとエイーダも一緒にギルドへと案内される。

そこで目にしたのは――新しい馬車だった。

「「おぉっ！」」

真新しい、ピカピカの馬車を見て、俺とシルヴィアは思わず声を上げる。

「今、ミゲルがアスコサでいい馬を調達している最中です」

「購入に必要な金は出し合ったんですよ！」

「馬車はみんなで協力して作りました」

「ささやかですが、俺たちからの贈り物です」

ジェロム地方の領民として暮らしている冒険者たちから贈られた新品の馬車。それも、彼らの手作り……泣かせにきているな。

「あ、ありがとうございます！」

感謝の言葉しか出てこなかった。

思えば、初めてここへ来た時、うまくいくかどうか不安な時もあったけど、こうしてたくさんの人に支えられているんだと改めて実感する。

「凄くいいデザインだね！」

「これでしたら、多くの貴族が集まる式場でも見劣りしないでしょう」

エイーダやテスラさんからも高評価をもらった――その時、

「おーい」

遠くで誰かの叫ぶ声。

見ると、ミゲルさんと数名の冒険者が、二頭の馬を連れてこちらへと向かってきていた。

「あっ！　もうご覧になりましたか？」

「うん。ありがとう、ミゲルさん」

「なんのなんの！　馬もいいのが手に入ったんですよ！」

ミゲルさんの言う通り、連れてきた二頭の馬はどちらも引き締まった体に美しい毛並みを有する一級品であった。

「か、かなり高額だったんじゃ……」

「資金は出し合ったので問題ないですよ！」

最高の笑顔とサムズアップ……なんかもう、言葉さえ浮かんでこないや。

「我らが領主であるロイス・アインレット様が他の貴族に負けないように俺たちも応援するぞ！」

「そうだ！」

「貴族って連中は気に入らないが、ロイス様は別だ！」

「そうだそうだ！」

何やらあちこちで盛り上がりを見せる冒険者たち。よく見ると、その輪の中にはフルズさんとジャーミウさんの夫婦にユリアーネ、さらにはマクシムさんやカナンさんも交じっている。

「とてもありがたいんだけど……ちょっと持ち上げすぎじゃない？」

「そんなことはないさ」

俺の言葉を、横に立つシルヴィアが否定する。

「ロイスはみんなのためによくやっている。その頑張りがみんなにも伝わっているから、こうして応援してくれるんじゃないか。この場にはいないけど、きっとオティエノさんやディランさんだって同じ反応をしたはずだ」

「シルヴィア……」

優しく微笑むシルヴィア。

つられて俺も笑顔になる。

みんなに支えられて、さらに結婚式への準備は進んでいくのだった。

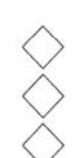

いよいよ結婚式の会場であるヴィンクス家の領地――アデガン地方へ出発する日を迎えた。

目的地まではかなりの距離があるため、当日に出発をしていたのでは到底間に合わない。そこで道中で一泊し、式の当日に到着するようにした。

「じゃあ、ちょっとの間だけ留守にするね」

「どうかお気をつけて」

俺が不在の間は、ギルドマスターであるフルズさんを中心に、冒険者たちがジェロム地方を守ると一致団結。また、今回の旅では俺とシルヴィア、さらにテスラさんも一緒に出ることとなるため、もうひとりのメイドであるエイーダは俺たちが戻ってくるまで父親であるフルズさんの家で待機することに。

今回は俺たち三人に護衛としてダイールさんとレオニーさんのふたりを加えた、計五人とマックでの旅となる。

元執事という経歴を持つダイールさんは、貴族の結婚式を何度も見たことがあるらしく、一方で初めての経験であるレオニーさんは朝から緊張した面持ちだった。

「いよいよか……」

「緊張しているのか、ロイス」

「ちょっとだけね。でも、楽しみな面の方が多いかな」

実家でのキャロライン姉さんを思い出すと、気が重くなる……けど、今の姉さんはもうあの頃とは違う。テレイザさんの屋敷で会った時は嫌味のひとつも言わなかったし、ジルベール義兄さんからのお墨付きもあるからね。

問題はどちらかというと……間違いなくこの式に出席する父上とビシェル兄さんだろう。

ジルベール義兄さんのことだから、ちゃんとふたりにも俺の件を報告しているはず。しかし、今日まで実家の方から欠席を求めるような要求は特になかった。

父上のことだから、結婚式を前にトラブルは避けたかったのだろうという目論見が透けて見える。ビシェル兄さんは……無関心なのだろうな。あるいは父上の意向を汲み、あえて何も言わなかったのか。

……まあ、すべては到着すれば分かる。

それぞれの思いを胸に、俺たちはジェロム地方をあとにした。

道中は至って穏やかなものだった。

もともと、ヴィンクス家が治めるアデガン地方はジェロム地方に負けず劣らずの穏やかな場所らしいので、そこへ向かう道は静かでのどかな光景が多かった。

「凄いな……さっきからあまり景色に変化がないぞ」

「なんか、こうなってくると逆に新鮮だよね」

俺とシルヴィアは時が止まったのではないかと錯覚するくらい変化がない景色を眺めながら呟く。

正直、うちも大して変わらない環境なのであまりよその土地のことは言えないんだけどね。

しばらくすると、視界の端っこに大きな山が飛び込んできた。

「霊峰ガンティアか……」

俺たちの住むジェロム地方の象徴である霊峰ガンティアは、アデガン地方からも拝めるようだ。

それにしても、遠くから改めて見るとその大きさに圧倒されるな。これまでにたどり着いた最高の標高は、あの温泉地がある場所——だが、それでも山頂へはまだまだ遠い道のりであった。

結婚式から戻ったら、今度はあの温泉地をスタートとして、さらに高い位置まで登ってみよう。

その時は山の精霊たちにも協力をしてもらいたいな。

変わらない風景を眺めていると、もうひとつ、ある感想が浮かび上がる。

「しかし……ジルベール義兄さんはこんな遠い道のりを経て、わざわざ俺たちに結婚式のことを伝えてくれたのか」

キャロライン姉さんは、これまで俺にしてきた仕打ちをひどく嘆いているそうで、招待したところで俺が来ないと思っているらしい。だが、内心ではこれまでのことを詫びたいという気持ちがあり、葛藤しているのだとか。

あの時――テレイザさんの家で偶然顔を合わせた時も、妙に焦っているというか、様子がおかしかったのもそのせいだろう。

そんな状況である姉さんのもとへ俺が行ってどうなるかまったく読めないが……ジルベール義兄さんはなんとか俺たちを仲直りさせたいらしかった。

ジェロム地方での生活を始めてから、俺はもう過去の件に関してなんとも思わなくなっていたので、姉さんがそれを気にしているというなら、直接会って、大丈夫だと伝えたい。その方が姉さんも安心して子育てができるだろうし、優しいヴィンクス家の人たちも安心するだろうからね。

途中で休憩を挟みつつ、シルヴィアやテスラさん、それに御者を務めるダイールさんやレオニーさんとそんな話をしていると、あっという間に目的地である都市へ到着。

今日はこの町の宿で一泊することに。

「長旅ご苦労だったな、マック。明日も頼むぞ」

「メェ～」

長距離移動においてはマックの活躍なくしては語れない。みんなでマックを労った後は近くの屋台で売っていた食べ物を購入し、一緒に夕食をとる。前回の温泉旅行では別行動が多くなってしまったからな。ともに過ごすことができて、マックも嬉しそうだった。


その日の夜。

俺は宿屋の自室でキャロライン姉さんとの思い出を振り返っていた。

……まあ、どの記憶を引っ張りだしてきても、いい思い出はない。

あの頃の姉さんはいろいろとひどかったからなぁ……浪費癖もあったし。だから、テレイザさんの屋敷で再会した時、最初はその大人しさから別人ではないかと密かに疑っていたくらいだ。

「まさかあの姉さんがねぇ……」

俺とシルヴィアのように、姉さんとジルベール義兄さんも政略結婚だが、これについてキャロライン姉さんは「繁栄のためならばやむなし」という非常にドライな考えを持っていた。そんな姉さんが向こうでの生活と妊娠をきっかけに激変するとは……今でも信じられないと思う一方、出会いというのがどれほど人格に影響を与えるのか、その恐るべき効果をまざまざと見せつけられた気がした。

だが、そう考えると少し戸惑いが生まれる。

本当に出席して大丈夫なのか――物凄く今さらなんだけど、ちょっと不安になってきてしまったのだ。

その時、部屋のドアを誰かがノックする。

さらに、

「ロイス、少しいいか？」

ドアの向こうからシルヴィアの声がした。

「あ、ああ、どうぞ」

こんな夜にどうしたんだろう、と疑問に思いつつ、俺はシルヴィアを部屋へと招き入れた。

「どうかした？」

「い、いや、その……眠れそうか？」

「えっ？」

わざわざそんなことを言いに俺の部屋へ？

……そうか。

シルヴィアは俺を心配して訪ねてきてくれたのか。しかもその心配の通り、ちょっと不安になっていたし。彼女の勘の良さというか、鋭さには頭が下がる。離れていても、こちらの気持ちはお見通しというわけだ。

「ありがとう、シルヴィア」

「バ、バレバレだったというわけか……」

自分が来訪した理由を俺が察したことで、シルヴィアは照れ臭いのか真っ赤になっていた。

「姉さんとのことは……確かにあまりいい思い出ではないけど、ジルベール義兄さんの話を聞く限り昔のことを後悔して、今は別人のようになったみたいだし、俺としてはそれでいいと思っている。それだけだ」

「ロイス……さすがだな」

どこかホッとしたように、シルヴィアは呟いた。

「それより、明日着る服の方が心配だよ」

「？　どういうことだ？」

「だって、俺たちは普段あんなかしこまった服を着ないだろ？　慣れていない服装で式場へ行ったら粗相をしてしまうかもしれないし」

「言われてみればそうだな」

一応領主ではあるけど、舞踏会とか、そういう社交場に無縁だったからな。

弱小の辺境領主。

思えば、そんな俺にとって姉さんの結婚式はジェロム地方の領主になってから初めてとなる大舞台。実家暮らしの時は離れのボロ屋敷に押し込まれていたようなものなので、こうした華やかな場は経験がなかった。

……今さらだけど、めちゃくちゃ緊張してきたな。

「私もドレスを着るのはいつ以来か……裾を踏んづけて盛大に転ばないようにしないと」

「ははは、その時は俺が抱きとめるよ」

「ふふふ、それなら安心だな」

笑い合う俺たち。

気がつくと、さっきまでの心配ごとはどこかに消え去っていた。

これもすべてはシルヴィアのおかげ……改めて、彼女が俺の婚約者でいてくれてよかったと思うよ。

◇◇◇

翌朝。

抜けるような青空のもと、俺たちは町で調達した食料などを領民のみんなが用意してくれた馬車の荷台へ載せて出発の準備を整えた。

「ロイス様、あの渓谷を越えた先に教会があるはずです」

「ありがとう、テスラさん」

出発前に進むべき道を地図で再確認していると、いよいよ会場が近づいてきたと実感する——が、今は緊張というよりも身が引き締まるって思いの方が強かった。昨夜シルヴィアと話した効果なのかな。変な力みが取れて、なんだかスッキリした気分さえする。

「さあ、行こうか」

昨日のペースを維持できれば、午後には目的地である教会に到着するはずだ。そこへたどり着けば、きっと母上たちもいるはず。もちろん、父上やビシェル兄さんも待っているだろう。

つまり——アインレット家そのものとの再会を意味していた。


渓谷を抜けると、ついに結婚式の会場となる教会が見えてきた。

「あそこが……」

「すでに大勢の出席者が到着しているようだな」

シルヴィアの言う通り、教会周辺にはすでに多くの馬車が。

「な、なんだか緊張してきた……」

「はっはっはっ、もう少し肩の力を抜いていきましょう」

ジェロム地方を発つ前、こういった、かしこまった場所は不慣れだと語っていたレオニーさんが一番緊張していた。一方、同じ元冒険者でありながら、さらにその前職がとある貴族の執事という経歴のダイールさんは余裕綽々。この中では一番場数を踏んでいるかもな。

俺たちは教会の関係者にマックを預けると、教会へと足を踏み入れた。

「お？」

「む？」

案の定、入った瞬間から周りの視線を集める。

大半が好奇の目ってヤツだろう。

あまりの注目度に思わず足が止まってしまった。

アインレット家のお荷物だった俺が、自ら望んでジェロム地方——あの最果ての領地の領主となったことは、この場にいる誰もが知っているはず。きっと、まともに領地運営などできないはずだと誰もが思っているはずだ。

一族の面汚しだとか、ろくでなしだとか、本人の知らないところでいろいろと噂されているのかもしれない。だからこそ、俺がキャロライン姉さんの結婚式に出席するなんて、きっとみんな想像もしていなかったろう。

——それでも俺はこの場に来た。

アインレット家の人間として。

ジェロム地方の領主として。

深呼吸を挟んでから、俺はみんなに「行きましょう」とだけ告げて再び歩きだす。臆することなく、堂々と胸を張って進んでいった。

「お、おい、あれがアインレット家の……」

「あの最果ての地の領主になったと聞いていたが、随分と立派になっているじゃないか」

「うむ。見違えたよ」

俺の毅然（きぜん）とした態度が功を奏したのか、最初こそ好奇の目で見られていたが、徐々に様子が変わっていく。さらに、立派な装備を身につけた護衛騎士ふたりに美人メイドがひとり——自分でも言うのもなんだが、俺たちの歩く姿は他の貴族にも見劣りはしていないだろう。

やがて、ヴィンクス家の使用人たちが俺たちのもとへとやってくる。親族ということで、俺たちは他の出席者たちとは別の控室が用意されているらしく、そこへ案内してくれるという。

「こちらでしばらくおくつろぎください。時間になりましたら、また伺いますので」

「ありがとうございます」

親族用の部屋というだけあって、内装はかなり豪勢な造りになっている。圧倒されている俺たちのもとへ、ひとりの女性が近づいてきた。

「どうやら、マーシャルは間に合ったようね」

「テレイザさん！」

今回の件でも、マーシャル義兄さんと並んで大変お世話になったテレイザさんだった。

「まさかあのキャロラインがあなたを結婚式に招待しようとしていたなんて……おまけにそれをジルベールがアシストして実現させるんだもの、驚いちゃったわ」

あの大都市の頂点に立つテレイザさんでさえ、ジルベール義兄さんの動きには意表を突かれたようだ。それでもいろいろと手配をし、マーシャル義兄さんを通して俺たちに届けてくれた。このふたりにはいつか必ず恩返しをしなくちゃいけないな。

「さあ、シルヴィアはこっちへ来て。あなたもドレスの準備をしないと」

「は、はい」

シルヴィアはテスラさんとともにテレイザさんの案内でドレスを着るため別室へ。

「女性は準備に時間がかかるものですからな」

「気長に待ちましょう」

「は、はい」

準備が整うまで、俺はダイールさんとレオニーさんのふたりを相手に談笑を――しようと思っていたら、そこへ思わぬ人物が現れた。

「ロイス、か……？」

その声――忘れるはずがない。

振り返ると、そこに立っていたのは父上だった。

さらに、その横にはビシェル兄さんの姿も。

「ロイス……本当に来たのか……」

ビシェル兄さんは、俺がこの場にいることに対して心底驚いているようだった。

……そりゃそうか。

自分と同じように弟をバカにしていたキャロライン姉さんの結婚式に俺が出席するなんて普通は考えないものな。

「お久しぶりです、父上。ビシェル兄さん」

これまでの嫌な思い出が胸の中を渦巻くも、俺は努めて冷静にふたりへ頭を下げ、挨拶をした。

ダイールさんとレオニーさんの表情が一瞬にして引きつる。そういえば、ふたりが父上とビシェル兄さんに会うのはこれが初めてか。日頃から悪評だけは耳にしているから緊張しているようだ。

重苦しい沈黙が場を支配する。

最初にそれを破ったのは父上だった。

「魔鉱石の件は聞いた。アインレットの名を汚すことなく、領主をやっているようだな……今後もそれを続けて大人しく暮らしていろ」

「は、はい」

父上はそれだけ告げてこちらに背中を向けると、そのままスタスタと立ち去った。

……あの頃と変わらない。

俺のやることなすこと、すべてにまるで興味がなく、一方的に上から押さえつけるような物言いだった。

父上にとって、俺の無属性魔法は未だに無価値のハズレ属性って考えが根付いているようだ。

一方、ビシェル兄さんは無言を貫いたまま物凄い形相で俺を睨んでいた。

こっちは、反応が分かりやすいな。

場をわきまえているようで口にこそ出さないが、俺への憎悪が浮き彫りになっているって感じだ。

「ビシェル兄さん、俺は――」

「…………」

勇気を振り絞って話しかけたが、何も答えることなく兄さんは父上の後を追うようにその場を去った。

「……やっぱり、歓迎はされないか」

父上とビシェル兄さんからは歓迎されないと予想はしていたが……まあ、父上に関しては思ったよりマイルドな対応だった。兄さんについては、たぶん見下していた俺を視界に入れることすら嫌なのだろう。

「領主殿、大丈夫ですか？」

「平気ですよ、ダイールさん」

護衛騎士のふたりは心配そうな顔をしているが、父上とビシェル兄さんの反応については事前にある程度予測はできていたので、精神的なダメージは想定よりも少なかった。むしろ、父上は俺がジェロム地方で何をやっているのか、その情報を手に入れているらしいのが意外だったな。

魔鉱石の利益狙いか？

警戒をしておくのに越したことはないか。

父上やビシェル兄さんが他の出席者のもとへ向かった直後、俺たちのもとへシルヴィアとテスラさんが戻ってきた。さらに、思わぬ人物の姿もそこにあった。

「は、母上!?」

バーロンで再会して以来、母上とは久しぶりに顔を合わせる。

「私もドレスの準備をしていたのだけど、そこで偶然シルヴィアたちに会ったの」

「そうだったんですね」

「元気な顔を見られて嬉しいけど、私より言葉をかける相手がいるんじゃないかしら」

「あっ」

しまった。

母上との再会も嬉しいが、まずはシルヴィアだ。

「ロイス……どうだろうか？」

そのシルヴィアは照れながらも、黄色いドレスを見せてくれる。

あまりの美しさにさっきまでの暗かった空気は一蹴され、俺はもちろんダイールさんやレオニーさんも思わずニッコリしてしまう。

「な、なんで笑っているんだ？　似合っていないか？」

「逆だよ。似合いすぎてみんな笑顔になっちゃうんだ。綺麗だよ、シルヴィア」

「そ、そうか……それならいいんだ」

俺が絶賛するとシルヴィアはようやく安心したようで、ホッと胸を撫で下ろす。冷静になったところで、俺たちの様子がちょっとおかしいことにも気づいたようだ。

「何かあったの？」

「いや、それは……」

隠していても仕方がないので、ここは正直にさっきの父上とビシェル兄さんとのやりとりを打ち明けた。

話を聞き終えると、シルヴィアと母上は困惑していた。悲しそうにも見えるし、どこか怒っているようにも映る。……ふたりにこんな表情は似合わないな。せっかくのドレスも台無しになってしまうし。

「大丈夫だよ、シルヴィア。それに母上も」

俺は笑顔でそう告げた。

決して、強がっているわけではない。父上とビシェル兄さんが俺をどう思っていようが、もうそんなことは関係ない。今の俺には、ジェロム地方での生活がある。今さら、貴族同士の争いに顔を出そうとか考えてはいない。

シルヴィアと母上にもそれが伝わったようで、シルヴィアは「さすがだな、ロイス」と言っていつもと変わらぬ笑顔を披露してくれた。よく見ると、彼女の背後にいるテスラさん、レオニーさん、ダイールさんも優しい顔つきになっている。

余計な心配をさせちゃったけど、本当に俺はなんともない。それを証明するためにも、式ではしっかり振る舞わないとな。

一度俯き、深呼吸を挟んでから、俺は顔を上げる。

気持ちも新たに、みんなとともに歩みだす。
行先は――キャロライン姉さんの控室だ。

母上と別れた後、使用人に尋ね、ようやくたどり着いた新婦であるキャロライン姉さんがいる部屋。

テレイザさんの屋敷で遭遇した時は、あまりにも唐突な再会だったため、意識する暇もなかったが……こうして、改めて会うとなると緊張してくるな。

「さあ、ロイス」

「あ、ああ……」

シルヴィアに促されて、俺はドアをノックする。

その返事を耳にしてから、室内へ。

「キャロライン姉さん」

「ロ、ロイス⁉」

ジルベール義兄さんから出席することは聞いていたのだろうが、それでもキャロライン姉さんは俺たちの来訪に目を見開いて驚いている。

さて……何を話そうか。

俺と姉さんはどちらが先に話題を振るべきか迷い、それが控室に気まずい沈黙を生んだ。ジルベール義兄さんがいてくれたら、うまく取り持ってくれたかもしれないが、どうやら今は不在らしく、メイドさんが数人いるくらいだ。

キャロライン姉さんは明らかに動揺している。そこに、いつもの野心にあふれたふてぶてしい態度はまったくない。

ここはやっぱり……俺が切りださないといけないか。

「姉さん」

「っ！」

俺が声をかけると、キャロライン姉さんの肩がビクッと跳ねる。あまり心労をかけるのは胎児に悪そうだし、変に緊張感を持たせないようにしないとな。まずは――

「結婚おめでとう」

「ロ、ロイス……」

何気ない話題で先制を仕掛ける――が、これは先制ではなく、決定打となったようだ。

「ありがとう……ごめんなさい……」

キャロライン姉さんは、素直な気持ちを短い言葉に乗せて吐露した。

これが引き金となり、姉さんの目から大粒の涙がこぼれ落ちる。

まさか……こんな素直に謝られるなんて思わなかった——と、面食らったものの、俺は姉さんに過去のことはもう気にしていないこと、ジェロム地方の領主としての毎日が充実していること、そして生まれてくる甥っ子か姪っ子のことをとても楽しみにしていることなどを伝えた。

全部本音だ。

嘘偽りなどない。

次第に、姉さんも少しずつ現状を話すようになった。最初は相槌程度だったが、徐々に自身の気持ちも話せるようになっていった。そのうちシルヴィアも加わり、さらにはジルベール義兄さんも戻ってきた。

「やあ、よく来てくれたね」

「ジルベール義兄さん、本日はお招きいただき、ありがとうございます」

「お礼を言うのはむしろこちらの方だよ。……キャロラインとも話ができたみたいだね」

穏やかな視線を姉さんへ向けるジルベール義兄さん。姉さんもここまでのお膳立てがジルベール義兄さんの手によるものだと悟ったらしく、「困った人ね」とため息をつきつつもどこか嬉しそうだった。

それから、ヴィンクス家のメイドさんが「そろそろお時間です」と知らせに来てくれるまでずっと話し込んでいた。

いよいよ式が始まるとあって、姉さんの表情にもさっきとは質の違った緊張感が浮かび上がる。

一方、ジルベール義兄さんは部屋を出る前に俺たちのもとへとやってくる。

「今日は本当にありがとう」

深々と頭を下げるジルベール義兄さん。顔を上げてくださいと慌てる俺たちだが、その後もジルベール義兄さんの感謝の言葉は終わらなかった。

恐縮するとともに、ジルベール義兄さんは本当にキャロライン姉さんを愛しているのだなと再確認することができた俺たちであった。


——その後、式はつつがなく進行していった。

大勢の出席者に祝福されるキャロライン姉さんとジルベール義兄さん。

たぶん、昔のままの姉さんなら、こういうおめでたい場でもしかめっ面をしていたはず。それが今ではたくさんの人たちに祝福されて幸せそうだった。

控室で大泣きしていた時はどうなることかとヒヤヒヤしていたが、影響はなさそうで何よりだ。

過去の行いを深く反省し、心からの謝罪を受けた今では、素直にふたりの門出を祝うことができるよ。

テスラさんの話では、領主であるジルベール義兄さんの結婚を祝おうと、式場の周りには多くの領民が集まり、お祝いの品が大量に届けられているという。こんなにも領民に愛されているなんて……ジルベール義兄さんは凄いな。俺も彼のような領主になれるよう努力しないと。

一方、父上は終始笑顔で上機嫌だった。

俺たちはみんな政略結婚――きっと、姉さんとジルベール義兄さんの結婚もお互いの気持ちを優先してというより、何か別の狙いがあったのだろう。それが叶ったのなら、そりゃ上機嫌にもなる。

嬉しい誤算と表現して正しいのか疑問だけど、結果としてジルベール義兄さんとキャロライン姉さんはお似合いだったし、特に姉さんとしたら人生観をガラッと変えられてしまうくらい相性がよかった。これについてはジルベール義兄さんの人柄に加え、アデガン地方全体に言えることなのだが。

気になったのはビシェル兄さんだ。

思えば、兄さんにも婚約者がいたはず。

にもかかわらず、先に式を挙げたのはキャロライン姉さんだった。妊娠したということもあるのだろうが……ビシェル兄さんの結婚が遅いというのはちょっと気になる。

そういえば、立場的にマーシャル義兄さんの同僚になるんだよな。機会があったら、今度様子を聞いてみるとするか。

まあ、式が遅いとなったら順調とは言えないと捉えるのが一般的なので、あの父上や兄さんが外に事情を漏らすとは考えられない。ゆえに、マーシャル義兄さんも詳細は知らない可能性が高いかな。

華やかな結婚式という舞台だが、俺の目線はどうしてもそういった方向へと走ってしまう。

ふと、横に座るシルヴィアの様子が気になってチラッと様子をうかがってみる。

「結婚式……いいな……」

彼女はキャロライン姉さんのドレス姿をうっとりと見つめていた。

やはり、シルヴィアも結婚式に憧れを持っているようだな。

俺たちも婚約者同士……それほど遠くないうちに、ジェロム地方で式を挙げられたらいいなと考えていた。

もっとも、まだまだ領地運営が軌道に乗っているとは言えない状況なので、すぐにとはいかないのだろうが、それでもそう遠くないうちにやりたいな。

そういう意味でも、領地運営にますます力が入る。

姉さんの結婚式を通し、俺に新たな決意が芽生えたのだった。

その後、結婚式は大きなトラブルもなく無事に終了。

父上とビシェル兄さんは挨拶もそこそこに控室へと戻って行った。どうやら、ジルベール義兄さんのご両親と話をするらしい。

俺たちはというと、来客を見送った後で姉さんとジルベール義兄さんのふたりを交えて再び楽しくおしゃべりに興じる。

それは、これまでに生じた大きな溝を埋めるような時間だった。

——しかし、楽しい時間にもいつかは終わりがやってくる。

何せ、俺たちはジェロム地方へ戻るのに一泊する必要があるからだ。

ただでさえ、今は領主不在という心配な状況。できることなら早めに戻って領地運営を再開したいところだが、もっとここにいたいというのも本音だった。熟慮した結果、名残惜しいが俺たちはジェロム地方へ戻ることにした。

「じゃあ……また会いましょう、ロイス」

「うん」

「同じ領主として、君の決断は正しいものであると思うよ。今度またゆっくりと話をしようじゃないか。その際はとても有意義な時間を過ごせそうだ」

「こちらこそ、ぜひお願いします」

今後ジルベール義兄さんとは、義理の兄弟としてだけではなく、領主同士としての付き合いも増えてくるだろう。

ちなみに、テレイザさんは今回の結婚式を機に初めて訪れたというアデガン地方をいたく気に入り、近いうちに鉄道をつなげてより身近にできないかと計画しているらしい。その途中にジェロム地方を挟めば、三つの場所の往来がより盛んとなるだろう。夢の広がる話だ。

そんな話で盛り上がっていると、不意にキャロライン姉さんが「ふふ」と小さく笑った。

「本当に領主として立派に仕事をしているのね、ロイスは」

「もちろんだよ。そうだ。赤ちゃんが生まれて大きくなったら、一度ジェロム地方にも遊びに来ない？」

「い、いいの？」

「今の姉さんなら大歓迎さ」

「……ありがとう、ロイス」

今日何度目になるか分からない「ありがとう」とともに、キャロライン姉さんの涙腺がまたしても緩む。

姉さんをフォローしているうちに、ダイールさんとレオニーさん、そしてテスラさんの三人が出発の準備ができたと俺とシルヴィアを呼びに来た。

「じゃあ、姉さん……俺たちはそろそろ行くよ」

「ええ。気をつけて」

「姉さんの方こそ、体には気をつけてよね」

「安心してくれ、ロイスくん。キャロラインは私がしっかり守るよ」

力強く胸を叩くジルベール義兄さん。

彼になら安心して任せられるな。

最後に、俺とキャロライン姉さんは別れの握手を交わす。

でも、俺たちはいずれ再会する。

もう前のような、最悪の関係ではないのだから。

アデガン地方から二日をかけてジェロム地方へと戻ってきた俺たち。

「おぉ！　領主殿が戻られたぞ！」

俺たちの姿を発見した冒険者のひとりが、大声で叫びながら走ってくる。それが引き金となって、次から次へと俺たちのもとへ冒険者たちが駆け寄ってきた。

「大丈夫でしたか、領主様！」

「何かひどいことをされませんでしたか⁉　拷問（ごうもん）とか⁉」

「へ、平気だよ」

心配してくれるのはとてもありがたいのだが……なんだか、いろいろと情報に尾ひれがついている気がする。いくら昔仲が良くなかったとはいえ、姉の結婚式に出席しただけで拷問なんてされないんだよなぁ。

その日はすでに夕方近いということもあり、フルズさんへの報告も兼ねて冒険者ギルドへと向かい、そこで夕食をとることに。

「長旅お疲れ様でした、領主殿」

「いえいえ、留守を任せて申し訳なかったです。何か変わったことはありましたか？」

「特にありませんよ。冒険者たちは領主殿の帰りを今か今かと待っていたので大人しいものでした。あと、途中でムデル族のオティエノや山猫の獣人族のディランもやってきました。どちらもやはり領主殿のことが気になるようで」

そういえば、ふたりにも結婚式の件は伝えていたんだったな。もちろん、姉を含めた実家との仲もやんわりとは教えていたので、「大丈夫なのか」と心配してくれていた。明日になったらきちんと報告しにいかないと。

フルズさんと話をしていたら、奥の部屋からエイーダが出てきた。

「おかえりなさい、領主様！」

「ただいま、エイーダ」

「お腹減っていませんか？　すぐにご飯の用意をしますね！」

「では、私もお手伝いを――」

「テスラさんも長旅で疲れているんだから座っていて！」

　ギルドへ来ていたエイーダは、手伝おうとしたテスラさんを制止して料理を開始。テスラさんは心配そうに奥の部屋にあるキッチンの周りをうろうろしているが、やがてその手際の良さに安心したのか、こちらへ戻ってきた。

　それから、フルズさんやギルドに集まった領民たちへ結婚式の思い出を語る。

「なるほど……アデガン地方はまだ駆け出しだった頃に訪れた記憶がありますが、確かに当時から領主と領民の距離が近いように感じましたね。年齢的に、私が訪れた時はまだ先代領主の時代なのでしょうが、しっかりとその精神は現当主に受け継がれているようですな」

　ジルベール義兄さんのあの性格は父親譲りというわけか。ヴィンクス家の親族席にその姿を確認できたけど、今はすっかり優しいお爺ちゃんって印象だったな。フルズさんは先代領主と面識があると言っていたので、もしかしたら向こうも覚えているかもしれない。

　エイーダの料理が運ばれてくると、話題は式の内容へと移った。

「とても素敵な式だったな……」

シルヴィアはキャロライン姉さんの結婚式に感銘を受けていた。

さらに、実はアインレット家へ来た当初、俺に姉がいると知った彼女は自分にも義理の姉ができるとワクワクしていたらしい。兄三人という構成だったので、姉や妹に憧れを持っていたという。

残念ながら、その時は俺と姉さんの仲が最悪だったので、とてもお近づきになれるような空気ではなく、だからこそ結婚式の時にゆっくりと穏やかに話ができてとても嬉しかったと語ってくれた。

この話題で特に食いつきを見せたのは意外にもエイーダだった。

「結婚式かぁ……領主様とシルヴィア様もするんですよね?」

「「えっ!?」」

まさかエイーダからそんな話を振られるとは想像もしておらず、俺たちふたりは揃って固まってしまった。

逆に勢いがついたのは周囲で話を聞いていた領民たちだ。

「領主様とシルヴィア様の結婚式……これは盛大にやらなくちゃな!」

「ヴィンクス家の結婚式には負けられねぇな!」

「当然だぜ!」

「いつやりますか、領主様!」

「ちょ、ちょっとストップ!」

すでに結婚式をやる気になっているみたいだけど、今の俺たちにはまだまだ乗り越えなくちゃいけない問題が多すぎてそれどころじゃないというのが現実だ。

「俺とシルヴィアの結婚式はやりますけど、それは領地運営が軌道に乗ってからです。霊峰ガンティアに残された謎も多いですし」

新たに発見された遺跡や温泉地、それに未到達の山頂――領主として、この辺りの課題は早急に解決したいと考えていたし、これはすでにシルヴィアとも話し合って決めたことでもある。

――でも、裏を返せばそれらが解決して牧場やら農場経営がうまくいき、ギルドに冒険者がもっと集まってきたら……その時は、シルヴィアとの結婚式を盛大にやろう。

一日も早くその日が訪れるよう、また明日から頑張っていかないと。

「シルヴィア、明日からもよろしくね」

「こちらこそ。困ったことは何でも相談してくれ」

「ははは、相変わらず頼もしいな」

「当然だ。私はロイスの婚約者だからな」

「……君が俺の婚約者で本当によかったよ」

「そ、それを言うなら私だって……」

「いやぁ、アツいですねぇ！」

茶化すようなエイーダの声を耳にしてハッと我に返る。

……いかん。

いつも私室でやっているようなやりとりを大勢の人の前で……シルヴィアもそれに気づいて顔を真っ赤にしていた。

「はっはっはっ！　結構なことですよ！」

「そうそう」

「ジェロム地方の未来は明るいぞ！」

「こりゃおふたりの後継ぎが生まれるのも時間の問題だな」

領民たちの間で話がどんどん飛躍していき、大騒ぎとなっていった。

この流れのまま、「領主様の結婚式予定記念」とかいうよく分からない理由で大人たちは宴会へと突入していく。

「やれやれ……こうなるといつもの調子だな」

「でも、私は好きだぞ？　ジェロム地方らしくていいじゃないか」

「確かにそうだな。――俺たちも行こうか、シルヴィア」

「ああ！」

俺はシルヴィアの手を取り、ギルドから出て宴会の準備に参加する。

まだまだ結婚式はできそうにないけど、この楽しい日々がこれからも続いていくようにしていきたい。

そう心に刻み込むのだった。

月が導く異世界道中
あずみ圭

薄幸系男子の成り上がりファンタジー、開幕!
なんでだろう 親の都合で異世界へ

異世界へと召喚された平凡な高校生、深澄真。彼は女神に「顔が不細工」と罵られ、問答無用で最果ての荒野に飛ばされてしまう。人の温もりを求めて彷徨う真だが、仲間になった美女達は、元竜と元蜘蛛!?　とことん不運、されどチートな真の異世界珍道中が始まった!

月が導く異世界道中 1
原作 あずみ圭
漫画 木野コトラ
とことん不運、されどチート!!

2期までに
原作シリーズもチェック!

●各定価：1320円(10%税込)
●illustration：マツモトミツアキ
1~18巻好評発売中!!

漫画：木野コトラ
●各定価：748円(10%税込) ●B6判
コミックス1~12巻好評発売中!

サラリーマンの高橋渉は、女神によって、異世界の伯爵家次男・アレクに転生させられる。さらに、あらゆる薬を作ることができる、〈全知全能薬学〉というスキルまで授けられた!　だが、伯爵家の人々は病弱なアレクを家族ぐるみでいじめていた。スキルの力で自分の体を治療したアレクは、そんな伯爵家から放逐されたことを前向きにとらえ、自由に生きることにする。その後、縁あって優しい子爵夫妻に拾われた彼は、新しい家族のために薬を作ったり、様々な魔法の訓練に励んだりと、新たな人生を存分に謳歌する!?　アレクの成り上がりストーリーが今始まる——!

◎定価:1320円(10%税込)　◎ISBN:978-4-434-32812-1　◎illustration:汐張神奈

この作品に対する皆様のご意見・ご感想をお待ちしております。

おハガキ・お手紙は以下の宛先にお送りください。

【宛先】

〒150-6008 東京都渋谷区恵比寿 4-20-3 恵比寿ガーデンプレイスタワー 8F
(株) アルファポリス　書籍感想係

メールフォームでのご意見・ご感想は右のＱＲコードから、
あるいは以下のワードで検索をかけてください。

アルファポリス　書籍の感想

ご感想はこちらから

本書はWebサイト「アルファポリス」(https://www.alphapolis.co.jp/) に投稿されたものを、改題・改稿、加筆のうえ、書籍化したものです。

無属性魔法って地味ですか？ 4
「派手さがない」と見捨てられた少年は最果ての領地で自由に暮らす

鈴木 竜一

2023年10月31日初版発行

編集－佐藤晶深・芦田尚
編集長－太田鉄平
発行者－梶本雄介
発行所－株式会社アルファポリス
〒150-6008 東京都渋谷区恵比寿4-20-3 恵比寿ガーデンプレイスタワー8F
TEL 03-6277-1601（営業） 03-6277-1602（編集）
URL https://www.alphapolis.co.jp/
発売元－株式会社星雲社（共同出版社・流通責任出版社）
〒112-0005 東京都文京区水道1-3-30
TEL 03-3868-3275
装丁・本文イラスト－いずみけい
装丁デザイン－AFTERGLOW
印刷－図書印刷株式会社

価格はカバーに表示されてあります。

落丁乱丁の場合はアルファポリスまでご連絡ください。

送料は小社負担でお取り替えします。


ISBN978-4-434-32822-0 C0093